人文阅读与收藏·良友文学丛书

舒乙题

原丛书主编：赵家璧

特 邀 顾 问：舒　乙 赵修慧 赵修义 赵修礼 于润琦

出 品 人：马连弟
监　　制：李晓珍
执　　行：张娟平
统　　筹：吴　晞 姚　兰
装帧设计：赵泽阳

特别鸣谢（按姓氏笔画排列）：
韦　韬 叶永和 李小林 沈龙朱 陈小滢 杨子耘
张　章 周　雯 周吉仲 舒　乙 蒋祖林 施　莲
姚　昕 俞昌实 钟　蕻 郑延顺 赵修慧
以及在版权联系过程中尚未联系到的作者或家属

特别鸣谢：
上海鲁迅纪念馆
北京鲁迅博物馆
北京大学中国语言文学系
复旦大学中国语言文学系
中国作家协会权益保障委员会

人文阅读与收藏·良友文学丛书

移行

张天翼 著

中国国际广播出版社

良友版《移行》精装本封面

良友版《移行》扉页

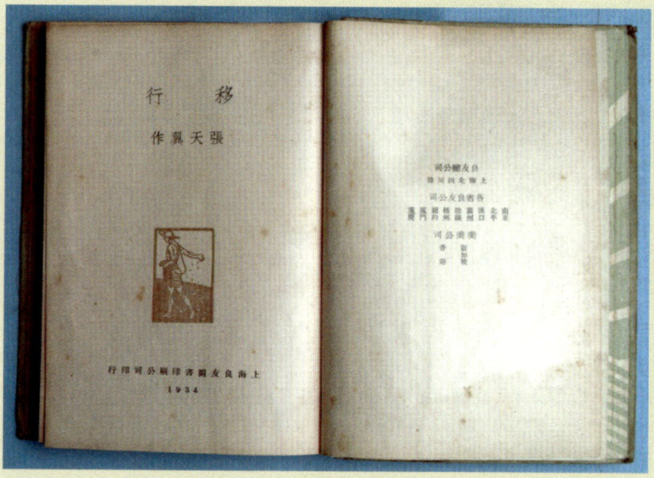

良友版《移行》版权页和目录页

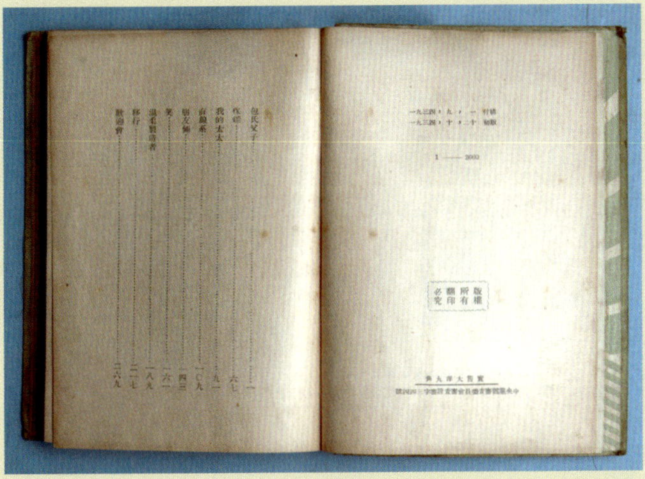

良友版《移行》内文

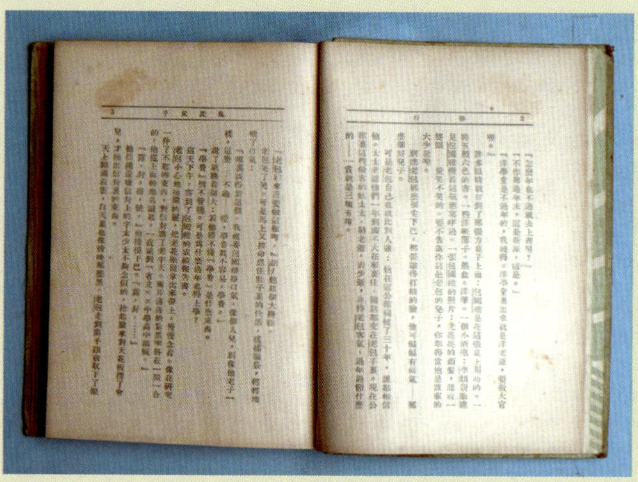

《良友文学丛书》新版出版说明

二十世纪三四十年代，著名编辑赵家璧在上海良友图书公司老板伍联德的支持下，历经十余年，陆续出版《良友文学丛书》，计四十余种。其中三十九种在上海出版，各书循序编号，后出几种则无。该套丛书以收入当时左翼及进步作家的作品为主，也选入其他各派作家作品。其中小说居多，兼及散文和文艺论著；第一号是鲁迅的译作《竖琴》。丛书一律软布面精装（亦有平装普及本），外加彩印封套，书页选用米色道林纸，售价均为大洋九角。

《良友文学丛书》选目精良，在现在看来，皆为名家名作；布面精装的装帧更是被许多爱书人誉为“有型有款”。不可否认，在装帧设计日益进步的当下，这套出版于二十世纪三四十年代的丛书外形已难称书中翘楚，但因岁月洗汰，人为毁弃，这套曾在出版史上一度“金碧辉煌”过的丛书首版已然成为新文学极其珍贵的稀见“善本”。

在《良友文学丛书》首版八十周年之际，为满足现代普通读者和图书馆对该丛书阅读与收藏的需求，我们依据《良友文学丛书》旧版进行再版（四种特大本不在其列）。本着尊重旧版原貌的原则，仅对旧版中失校之处予以订正。新版《良友文学丛书》采用简体横排的形式，以旧版书影做插图，装帧力求保持旧版风格，又满足当下读者的审美趣味。希望这一出版活动对缅怀中国出版前辈们的历史功绩和传承中国文化有所裨益，也希望广大读者多提宝贵意见和建议，以便我们把日后的工作做得更好。

《良友文学丛书》新版校订说明

一、本丛书收录原良友图书公司编辑赵家璧主编《良友文学丛书》共四十六种（四种特大本不在其列），乃为目前发现且确系良友版之全部。

二、此番印行各书，均选择《良友文学丛书》旧版作为底本，编辑内容等一律保持原貌，未予改窜删削。

三、所做校订工作，限于以下各项：

（1）将繁体字改为简体字；

（2）原作注释完全保留；

（3）尽量搜求多种印本等资料进行校勘，并对显系排印失校者在编辑中酌予订正；

（4）前后字词用法不一致处，一般不做统一纠正；

（5）给正文中提到的书籍和文章及其他作品标上书名号，原作书名写法不规范、不便添加符号者，容有空缺；

（6）书名号以外其他标点符号用法，多依从作者习惯，除个别明显排印有误者外均未予改动。

目　次

包氏父子 …………………………………………… 1
保　镖…………………………………………… 51
我的太太………………………………………… 68
直线系…………………………………………… 81
朋友俩 ………………………………………… 107
笑 ……………………………………………… 120
温柔制造者 …………………………………… 140
移　行 ………………………………………… 161
欢迎会 ………………………………………… 201

包氏父子

一

天气还那么冷。离过年还有半个多月，可是听说那些洋学堂就要开学了。

这就是说：包国维在家里年也不过地就得去上学！

公馆里许多人都不相信这回事。可是胡大把油腻腻的菜刀往砧板上一丢，拿围身布揩了揩手——伸出个中指，其余四个指头临空地扒了几扒：

“哄你们的是这个。你们不信问老包：是他告诉我的。他还说恐怕钱不够用，要问我借钱哩。”

大家把它当做一回事似地去到老包房里。

“怎么，你们包国维就要上学了么?”

“唔，”老包摸摸下巴上几根两分长的灰白胡子。

“怎么年也不过就去上书房?”

“不作兴过年末，这是新派，这是。”

“洋学堂是不过年的，我晓得。洋学堂里出来就是洋老爷，要做大官哩。”

许多眼睛就钉到了那张方桌子上面：包国维是在这张桌上用功的。一排五颜六色的书。一些洋纸簿子。墨盒。洋笔。一个小瓶：李妈亲眼瞧见包国维蘸着这瓶酒写字过。一张包国维的照片：光亮亮的头发，溜着一双眼——爱笑不笑的。要不告诉你这是老包的儿子，你准得当他是谁家的大少爷哩。

别瞧老包那么个尖下巴，那张皱得打结的脸，他可偏偏有福气——那么个好儿子。

可是老包自己也就比别人强：他在这公馆伺候了三十年，谁都相信他。太太老爷他们一年到头不大在家里住，钥匙都交在老包手里。现在公馆里这些做客的姑太太，舅老爷，表少爷，也待老包客气，过年过节什么的——一赏就是三块五块。

“老包将来还要做这个哩，”胡大翘起个大拇指。

老包笑了笑。可是马上又拼命忍住肚子里的快活，摇摇脑袋，轻轻地嘘了口气：

“哪里谈得到这个。我只要包国维挣口气，像个人儿，别像他老子一样，这么……不过——嗳，学费真不容易，学费。”

说了就瞧着胡大：看他懂不懂“学费”是什么东西。

“学费”倒不管它。可是为什么过年也得上学呢？

这天下午，寄到了包国维的成绩报告书。

老包小心地抽开抽屉，把老花眼镜拿出来带上，慢慢念着。像在研究一件了不起的东西，对信封瞧了老半天。两片薄薄的紫黑嘴唇在一开一合的，他从上面的地名读起，一直读到“省立××中学高中部缄”。

“露，封，挂，号，”他摸摸下巴。“露，封，……”

他仿佛还嫌信封上的字太少太不够念似的，抬起脸来对天花板楞了会儿，才抽出信封里的东西。

天上糊满着云，白天里也像傍晚那么黑。老包走到窗子眼前，取下了眼镜瞧瞧天，才又架上去念成绩单。手微微地颤着，手里那几张纸就像被风吹着的水面似的。

成绩单上有五个“丁”。只一个“乙”——那是什么“体育”。

一张信纸上油印着密密的字：告诉他包国维本学期得留级。

老包把这两张纸读了二十多分钟。

“这是什么?”胡大一走进来就把脑袋凑到纸边。

“学堂里的。……不要吵，不要吵，还有一张。缴费单。”

这老头把眼睛睁大了许多。他想马上就看完这张纸，可是怎么也念不快。那纸上印着一条条格子，挤着些小字，他老把第一行的上半格接上第二行的下半格。

“学费：四元。讲义费：十六元。……损失准备金。……图书馆费。……医……医……”

他用指甲一行行划着又念第二遍。他在嗓子里咕噜着，跟痰响混在了一块。读完一行，就瞧一瞧天。

“制服费！…… 制服费：二……二…… 二十元。……通学生除……除……除宿费膳费外，皆须……”

瞧瞧天。瞧瞧胡大。他不服气似地又把这些句子念一遍，可是一点不含糊，还是这些字——一个个仿佛刻在石头上似的，陷到了纸里面。他对着胡大的脸子发楞：全身像有——不知道是一阵热，还是一阵冷，总而言之是似乎跳进了一桶水里。

“制服费！”

“什么？”胡大吃了一惊。

“唔，唔。唵。”

制服就是操衣，他知道。上半年不是做过了么？他算着这回一共得缴三十一块。可是这二十块钱的制服费一加，可就……

突然——磅！房门给谁踢开，撞到板壁上又弹了回来。

房里两个人吓了一大跳。一回头——一个小伙子跨到了房里。他的脸子我们认识的：就是桌上那张照片里的脸子，不过头发没那么光。

胡大拍着胸脯，脸上陪着笑：

“哦唷，吓我一跳，学堂里来么？”

那个没言语，只瞟了胡大一眼。接着把眉毛那么一扬，额上就显了显几条横皱，眼睛扫到了他老子手里的东西。

“什么?”他问。

胡大悄悄地走了出去。

老头把眼镜取下来瞧着包国维，手里拿着的三张纸给他看。

包国维还是原来那姿势：两手插着裤袋里，那件自由呢的棉袍就短了好一截。像是因为衣领太高，那脖子就有点不能够随意转动，他只掉过小半张脸来瞅了一下。

“哼。”他两个嘴角往下弯着，没那回事似地跨到那张方桌跟前。他走起路来像个运动员，踏一步，他胸脯连着脑袋都得往前面摆一下，仿佛老是在跟别人打招呼似的。

老包瞧着他儿子的背：

“怎么又要留级?”

“郭纯也留级哩。”

那小伙子脸也没回过来，只把肚子贴着桌沿。他把身子往前一挺一挺的，那张方桌就咕咕咕地叫。

老包轻轻地问：

“你不是留过两次留级了么?”

没答腔，那个只在鼻孔里哼了一声。接着倒在桌边那张藤椅上，把膝头顶着桌沿，小腿一荡一荡的。他用右手抹了一下头发，就随便抽下一本花花绿绿的书来：《我见犹怜》。

沉默。

房里比先前又黑了点儿。地下砖头缝里在冒着冷气，两只脚仿佛踏在冷水里。

老包把眼镜放到那张条桌的抽屉里，嘴里小心地试探着又问：

“你已经留过两次留级，怎么又……”

“他喜欢这样！”包国维叫了起来。“什么‘留过两次留级’！他要留！他高兴留就留，我怎么知道！”

外面一阵皮鞋响：一听就知道这是那位表少爷。

包国维把眉毛扬着瞧着房门，表少爷像故意要表示他有双硬底皮鞋，把步子很重地踏着，敲梆似地响着，一下下远去。包国维的小腿荡得厉害起来，那双脚仿佛挺不服气——它只穿着一双胶底鞋。

老头有许多话要跟包国维说，可是别人眼睛钉到了书上。唔，别打断他的用功。

包国维把顶着桌沿的膝头放下去，接着又抬起来。他肚子里慢慢念着《我见犹怜》，就是看到一个标点也得停顿一两秒钟。有时候他偷偷地瞟镜子一眼，用手抹抹头发。自己的脸子可不坏，不过嘴扁了点儿。只要他当上了篮球员，再像郭纯那么——把西装一穿，安淑真不怕不上手。安淑真准得对那些女生说：

“谁说包国维像瘪三！很漂亮哩。”

只要他穿得跟郭纯一样，安淑真当然和他要好。

于是他和她去逛公园，去看电影。他自己就得把西装穿得笔挺的，头发涂着油，一只手抓着安淑真的手，一只手抹抹头。……

他把《我见犹怜》一摔，抹了抹头发。

老包好容易等到包国维摔了书。

“这个……这个这个……那个制服费。……”

没人睬他，他就停了一会。他摸了三分钟下巴。于是他咳一声扫清嗓子里的痰，一板一眼地说着缴学费的事，生怕一个不留神就得说错似的。他的意思认为去年做的制服还是崭新的，把这理由对先生说一说，这回可以少缴这意外的二十块钱。不然——

“不然就要缴五十一块半，这五十一块半……现在只有……只有……戴老七的钱没还，陈三癞子那二十块也到了期，这回再加制服费二十……你总还得买点书，你总得。”

停停。他摸摸下巴，又独言独语地往下说：

“操衣是去年做的，穿起来还是像新的一样，穿起来。缴费的时候跟先生说说情，总好少缴……少缴……”

包国维跳了起来。

“你去缴，你去缴！我不高兴去说情！——人家看起来多寒伧！”

老包对于这个答复倒是满意的：他点点脑袋：

“唔，我去缴。缴到——缴到——唔，市民银行。”

儿子横了他一眼。他只顾自己往下说：

“市民银行在西大街吧？”

二

老包打市民银行走到学校里去。他手放在口袋里，紧紧地抓住那卷钞票。

银行里的人可跟他说不上情。把钞票一数：

“还少二十！”

“先生，包国维的操衣还是新的，这二十……”

“我们是替学校代收的，同我说没有用。”

钞票还了他，去接别人缴的费。

缴费的拥满着屋子，都是像包国维那么二十来岁一个的。他们听着老包说到“操衣”，就哄出了笑声。

“操衣！”

“这老头是替谁缴费的？”

“包国维，”一个带压发帽的瞅了一眼缴费单。

“包国维？”

老头对他们打招呼似地苦笑一下，接着他告诉别人——包国维上半年做了操衣的：那套操衣穿起来还是挺漂亮。

“可是现在又要缴，现在。你们都缴的么？”

那批小伙子笑着你瞧瞧我，我瞧瞧你，谁也没答。

老包四面瞧了会儿就走了出来：五六十双眼睛送

着他。

“为什么要缴到银行里呢?”他埋怨似地想。

天上还是堆着云，也许得下雪。云薄的地方就隐隐瞧得见青色。有时候马路上也显着模糊的太阳影子。

老包走不快，可是踏得很吃力：他觉得身上那件油腻腻的破棉袍有几十斤重。棉鞋里也湿禄禄的叫他那双脚不大好受：鞋帮上虽然破了一个洞，可也不能透出点儿脚汗。这双棉鞋在他脚汗里泡过三个冬天的。

他想着对学堂里的先生该怎么说：怎么开口。他得跟他们谈谈道理，再说几句好话。先生总不比银行里的人那么不讲情面。

老包走得快了些，袖子上的补丁在袍子上也摩擦得起劲了点儿。

可是一走到学校里的注册处，他就不知道要怎么着才好。

这所办公室寂寞得像破庙。一排木栏杆横在屋子中间。里面那些桌旁的位子都是空的。只有一位先生在打盹，肥肥的一大坯伏在桌子上，还打着鼾。

“先生。先生。”

叫了这么七八声，可没点儿动静。他用指节敲敲栏杆，脚在地板上轻轻地踏着。

这位先生要在民国哪一年才会醒呢?

他又喊了几声，指节在栏杆上也敲得更响了些。

桌子上那团肉动了几动，过会儿抬起个滚圆的脑袋来。

“你找谁？”擦擦眼睛。

老包摸着下巴：

“我要找一位先生。我是……我是……我是包国维的家长……”

那位先生没命的张大了嘴，趁势“噢”了一声：又像是答应他，又像是在打呵欠。

“我是包国维的家长，我说那个制服费……”

“缴费么？——市民银行，市民银行！”

“我知道，我知道。不过我们包国维……包国维……”

老包结里结巴说上老半天，才说出了他的道理，一面还笑得满面的皱纹都堆起来——腮巴子挺吃力。

胖子伸了个懒腰咂咂嘴：

“我们是不管的。无论新学生老学生，制服一律要做。”

“包国维去年做了制服，只穿过一两天……”

“去年是去年，今年是今年，”他懒懒地拖过一张纸来，拿一支铅笔在上面写些什么。“今年制服改了样子，晓得吧。所以……所以……啊——噢——哦！”

打了个呵欠，那位先生又全神贯注在那张纸上。

老包紧紧瞧着他。

他在写着什么呢？也许是在开个条子，说明白包国维的制服只穿过两次，这回不用再做，缴费让他少缴二十。

老包耐心儿等着。墙上的挂钟不快不慢地——的，嗒，的，嗒，的，嗒。

一分钟。二分钟。三分钟。五分钟。八分钟。

那位先生大概写完了。他拿起那张纸来看：嘴角勾起一丝微笑，像是他自己的得意之作。

纸上写着些什么：画着一满纸的乌龟！

老实说，老包对这些艺术是欣赏不上的。他嘘了口气，脸上还是那么费劲地笑着，嘴里喊着“先生先生”。他不管对方听不听，话总得往下说。他像募捐人似的把先生说成一个大好老，菩萨心肠：不论怎样总得行行好，想想他老包的困难。话可说得不怎么顺嘴：舌子似乎给打了个结。笑得嘴角上的肌肉在一抽一抽的，眉毛也痉挛似地动着。

“先生你想想：我是……我是……我怎么有这许多钱呢：五十……五十……五十多块。……我这件棉袍还是……还是……我这件棉袍穿过七年了。我只拿十块钱一个月，十块钱。我省吃省用，给我们包国维做……做……我还欠了债，我欠了……有几笔……有几笔是三分息。我……”

那位先生打定主意要发脾气。他把手里的纸一摔，猛地掉过脸来，皱着眉毛瞪着眼：

“跟我说这个有什么用！学校又不是慈善机关，你难道想叫我布施你么！……笑话！”

老包可楞住了。他腮巴子酸疼起来：他不知道还是让这笑容留着好，还是收了的好。他膝踝子哆索着。手扶着的这木栏杆，像铁打的似的那么冰。他看那先生又一个劲儿在纸上画着，他才掉转身来——慢慢往房门那儿走去。

可是儿子——怎么也得让他上学。可是过了明天再不缴费的话，包国维就得被除名。

“除名……除名……”老包的心脏上像长了一颗鸡眼。

除名之后往哪里上学呢，这孩子被两个学校退了学，好容易请大少爷关说，才考进了这省立中学的。

还是跟先生说说情。

“先生，先生，”老包又折了回来。“还有一句话请先生听听，一句话。……先生，先生！”

他等着：总有一个时候那先生会掉过脸来的。

“先生，那么……那么……先生，制服费慢一点缴。先缴三十……三十……先缴三十一块半行不行呢？等做制服的时候再……再……现在……现在实在是……实在是……现在……现在钱不够末。我实在是……”

“又来了，啧！”

先生表示“这真说不清”似地掉过脸去，过会又转过来：

“制服费是要先缴的：这是学校里的规矩，规矩，懂吧。总而言之，统而言之——各种费用都要一次缴齐，缴到市民银行里。通学生一共是五十一块五。过了明天上午不缴就除名。懂不懂，懂不懂：听懂了没有！这是我们的制度，制度，懂吧，懂不懂！”

“先生，不过……不过……”

“嗨，真要命！我的话你懂了没有，懂了没有！尽说尽说有什么好处！真缠不明白！……让你一个人说罢！……真笑话，好像我们这学校是专门为你这种人开的！要是个个学生都像你一样那真，哼！”

先生一站起来就走出了那边的房门，接着那扇门很响地一关——訇！墙也给震动了一下，那只挂钟就轻轻地“锵郎”一声。

给丢在屋子里的这个还想等人出来：一个人在栏杆边呆了十几分钟才走。

“呃，呃，唔。”

老包嗓子里响着，他自己也不知道在想着些什么。他仿佛觉得有一桩大祸要到来似的，可是没想到可怕。无论什么天大的事，那个困难时辰总会渡过去的。他只一步步踏在人行路上，他几乎忘了他自己刚才做了什么事，也忘了会有一件什么祸事。他感觉到自己的脚呀手的都在打颤。可是走得并不吃力：那双穿着湿淥淥的破棉鞋的脚已经不是他的了。他瞧不见路上的人，要是有人撞着他，他就斜退了两步。

街上那些汽车的喇叭叫，小贩子的大声嚷，都逗得他非常烦躁。

太阳打云的隙缝里露出了脸，横在他脚右边的影子折了一半在墙上。走呀走的那影子忽缩短起来，移到了他后面：他转了湾。

对面有三个小伙子走过来，一面嘻嘻哈哈谈着。

老包喊了起来：

“包国维!”

他喊起他儿子来也是照着学堂里的规矩——连名带姓喊的。

包国维跟两个同学一块走着，手里还拿着一个纸袋子，打这里掏出什么红红绿绿的东西往嘴里送。那几个走起路来都是一样的姿势——齐脑袋到胸脯都是向前一摆一摆的。

“包国维!”

几个小伙子吃一惊似地停了步子。包国维马上把刚才的笑脸收回，换上一付皱眉毛。他只回过半张脸来，把黑眼珠溜到了眼角上瞧着他的老子。

老包想把先前遇到的事告诉儿子，可是那些话凝成了冰，重重地堆在肚子里吐不出。他只不顺嘴地问：

“你今天……你今天……你什么时候回家?”

儿子把两个嘴角往下弯着，鼻孔里响了一声。

“高兴什么时候回家就回家！家里摆酒席等着我么！……我当是什么天大的事哩。这么一句话！”

掉转脸去瞧一下：两个同学走了两丈多远。包国维马上就用了跑长距离的姿势跑了上去。

“郭纯，郭纯，”他笑着用手攀到那个郭纯肩上。“刚才你还没说出来——孙桂云为什么……”

“刚才那老头儿是谁？”

“呃，不相干。”

他回头瞧一瞧：他老子的背影渐渐往后面移去，他感到轻松起来，放心地谈着。

“孙桂云放弃了短距离，总有点可惜，是吧。龚德铭你说是不是？”

叫做龚德铭的那个，只从郭纯拿着的纸袋里掏出一块东西来送进嘴里，没第二张嘴来答话。

他们转进了一条小胡同。

包国维两手插在裤袋里，谈到了孙桂云的篮球，接着又扯到了他们自己的篮球。他叹了口气，他觉得上次全市的篮球锦标赛，他们输给飞虎队可真输得伤心。他说得怪起劲的，眉毛扬得似乎要打眼睛上飞出去。

“我们喜马拉雅山队一定要挣口气：郭纯你要叫队员大家都……”

郭纯是他们喜马拉雅山队的队长。

“你单是嘴里会说，” 龚德铭用肘撞了包国维一下。

“哦，哪里！……我进步多了。是吧，我进步多了。郭纯你说是不是。”

“唔，” 郭纯鼻孔里应了一声，就哼起小调子来。

包国维像得了锦标，全身烫烫的。他想起了许多要说的话，忍不住迸了出来：

“我这学期可以参加比赛了吧，我是……”

“那不要急。”

“怎么?”——包国维的嗓子没刚才那么起劲。

“你投篮还不准。”

“不过我……我是……不过我 pass 还 pa' 得好……”

“pa' 得好!” 龚德铭叫了起来。“前天我 pass 那个球给你，你还接不住。肏妈妈的你还瞎吹，你还……”

“不过……”

“喂，嘘，” 郭纯压小着嗓子。

对面有两个女学生走了过来。

他们三个马上排得紧紧的，用着兵式操的步子。他们摆这种阵势可比什么都老练。他们想叫她们通不过：那两个女学生低着头让开，挨着墙走，他们也就挤到墙边去。

包国维笑得眼睛成了两道线：

“啧，啧，头发烫得多漂亮!”

她俩又让开，想挨着对面墙边走，可是他们又挤到对面去。郭纯溜尖着嗓子说：

“你们让我走哇。”

“你们让我走哇，”包国维像唱双簧似地也学了一句，对郭纯伸一伸舌子。

两个女学生脸红得像生牛肉，脑袋更低，仿佛要把头钻进自己的肚子里去。

郭纯对包国维撅撅嘴，翘翘下巴。

要是包国维在往日——遇见个把女的也没什么了不起，他顶多是瞧瞧，大声地说这个屁股真大，那个眼睛长得俏，如此而已。这回可不同。郭纯的意思很明白：他叫他包国维显点本事看看。郭纯干么不叫龚德铭——只叫他包国维去那个呢。

包国维觉得自己的身子飘了起来。他像个英雄似的——伸手在一个女学生的大腿上拧了一把。

女学生叫着。郭纯他们就大笑起来。

“包国维，好！”

三

一直到了郭纯的家里，包国维还在谈着他自己的得意之作。

“摸摸大腿是，哼，老行当！”

郭纯一到了自己家里就脱去大衣，对着镜子把领结理了一下，接着他瞧一瞧炉子里的火。不论包国维说得怎么起劲，他似乎都没听见，只是喊这个喊那个：叫老王来添煤，叫刘妈倒茶，叫阿秀拿拖鞋给他。于是倒在沙发上，拿一支烟抽着，让阿秀脱掉皮鞋把拖鞋套上去。包国维只好住了嘴，瞧着阿秀那双手——别瞧她是丫头，手倒挺白嫩的：那双手一拿起脱下的皮鞋，郭纯的手在她腮巴上扭了一下：

“拿出去上油。”

“少爷！”阿秀嘟哝着走了出去。

龚德铭只在桌边翻着书，那件皮袍在椅子上露出一大片里子——雪白的毛。

太阳光又隐了下去，郭纯就去把淡绿的窗档子拉开一下。

“龚德铭你要不要去洗个脸？”

那个摇摇脑袋，把屁股在椅子上坐正些。可是包国维打算洗个脸，他就走到洗澡间，他像在自己家里那么熟。他挺老练地开了水龙头，他还得拣一块好胰子：他拿两盒胰子交换闻了一会儿，就用了黄色的那一块。

“这是什么肥皂？”

郭纯他们用的是这块肥皂。安淑真用的也准是这种肥皂。

这里东西可多着：香水，头发油，雪花精什么的。

洗脸的人细细地洗了十多分钟。

“郭纯你头发天天搽油么？”他瞧着那十几个瓶子，提高着嗓子。外面不知道答应了一声什么。

包国维拿梳子梳着头发，吊嗓子似地又说：

“我有好几天不搽油了。”

接着他把动着的手停了一会：好听外面的答话。

“你用的是什么油？”——龚德铭的声音，接着似乎在吃吃地笑。

“唔。呃。唔。我用的是……是……唔，也是司丹康。”

于是他就把司丹康涂在梳子上梳上去。他对着镜子细细地看：不叫翘起一根头发来。这么过了五六分钟，梳子才离开了头发。他对镜子正面瞧瞧，偏左瞧瞧，偏右瞧瞧。他抿一抿嘴。他脖子轻轻扭一下。他笑了一笑。他眯眯眼睛。他扬扬眉毛，又皱着眉毛把脑袋斜着：不知道是什么根据，他老觉得一个美男子是该要有这么付嘴脸的。他眉毛淡得像两条影子，眉毛上……

雪花精没给涂匀，眉毛上一块白的：他搽这些东西的时候的确搽得过火了些。他就又拿起手巾来描花似地抹着。

凭良心说一句：他的脸子够得上说漂亮。只是鼻子扁了点儿。下巴有点往外突，下唇比上唇厚两倍：嘴也就显得扁。这些可并不碍事。这回头发亮了些，脸子也白了些，还有种怪好闻的香味儿。哼，要是安淑真瞧见了……

可是他一对镜子站远一点，他就一阵冷。

他永远是这么一件自由呢的棉袍！永远是这么一件

灰色不像灰色，蓝色不像蓝色的棉袍——大襟上还有这么多油斑！他这脑袋摆在这高领子上可真——

“真不称！”

包国维就像逃走似地冲出洗澡间，很响地关上了门。

一到郭纯房里，那两个仿佛故意跟包国维开玩笑，正起劲地谈着衣料，谈着西装裤的式样：郭纯开开柜子，拿出一套套的衣裳给龚德铭瞧。

“这套是我上个星期做好的，”郭纯扳开一个大夹子，里面夹着三条裤：他抽出两条来。

龚德铭指指那个夹子：

“这种夹子其实没有什么用处：初用的时候弹簧还紧，用到后来越用越松，夹两条裤都嫌松。我是……”

“你猜这套做了几个钱，”郭纯瞧着龚德铭。

他俩像没瞧见包国维似的。包国维想：郭纯干么不问他包国维呢？他把脑袋凑过瞧了一下，手抹抹头发，毅然决然地说：

“五十二块！”

可是郭纯只瞟了他一眼。

接着郭纯和龚德铭由衣裳谈到了一年级的吕等男——郭纯说她对他很有点儿他妈的道理：你只看每次篮球比赛她总到场，郭纯一有个球投进了对方的篮里，吕等男就格外起劲地“啦”起来。郭纯嘻嘻哈哈地把这些事叙述了好些时候，直到中饭开上了桌子还没说完。

包国维紧瞧着郭纯，连吃饭都没上心吃。可是郭纯仿佛只说给龚德铭一个人听：把脸子对着龚德铭的脸子做功夫。包国维的眼珠子没放松一下，只是夹菜的时候就移开一会儿。他要叫郭纯记得他包国维也在旁边，他就故意把碗呀筷子的弄出响声。有时候郭纯的眼睛偶然一瞥到了他，他就笑出声音来，“哈哈，他妈妈的！”或者用心地点点脑袋：“唔，唔。”不然他就仿佛大吃了一惊似的——“哦？”于是再等着郭纯第二次瞥过眼来。

“你要把她怎样？”龚德铭问。

“谁？”

“吕等男。”

说故事的人笑了一笑：

“什么怎样！上了钩，香香嘴，干一干，完事！”

忽然包国维大笑起来，全身都颤动着。

“真缺德，郭纯你这张嘴……你你！”

又笑。

这回郭纯显然有点高兴：他眼珠子在包国维脸上多钉了会儿。

那个笑得更起劲，直到吃完饭回到郭纯房里，他还是一阵一阵地打着哈哈。他抹抹泪，吃力地嘘了口气，又笑起来。

“郭纯你这张嘴！你真……他妈妈的真缺德！你……”

别人可谈到了性经验，龚德铭说他跟五个女人发生过关系，都是台基里的。可是郭纯有过一打：她们不一定是做这买卖的，他可也化了些个钱才能上手。有一个竟化了五百多块。

“别人说你同宋行素有过……”龚德铭拿根牙签在桌子上画着。

“是啊，就是她！”郭纯站了起来，压小着嗓子嚷。“肏妈的她肚子大了起来。她家里跟我下不去。后来软说硬做，给了五百块钱，完事。……嗨，在我父亲那里骗这五百块的时候真不容易，肏妈的。拿到了手里我才放心。”

包国维打算插句把嘴，可是他没说话的材料。他想：

“现在要不要再笑一阵？”

他像打不定主意似地瞧瞧这样，瞧瞧那样。郭纯有那么多西装。郭纯有那么多女人跟他打交道。郭纯还是喜马拉雅山队的队长，郭纯问他父亲要钱——每次多少呢：三块五块的，或者十块二十块，再不然一百二百。

“一百二百！”

包国维闷闷地嘘了口气。他把脚伸了出去又缩回来。他希望永远坐在这么个地方。脚老是踏在地毯上。身上得穿着那套新西装，安淑真挨着他坐着。他愿意一年到头不出门，只是比赛篮球的时候就出去一下。

可是这是郭纯的家：包国维总得回自己的家里去的。

于是他把两只手插进裤袋里，上身往前面一摆一摆地走回自己的住处：把脚对房门一踢——磅！

屋子里可坐着几个老包的朋友。包国维的那张藤椅被戴老七坐着，胡大躺在老包床上。他们起劲地谈着什么，可是一瞧见了包国维就都闭住了嘴。他们讨好似地对包国维装着笑脸。戴老七站起来退到老包床上坐着。

包国维扬着眉毛瞧了他们一眼，就坐到藤椅上，两条腿叠着——一摇一摇的。他拖一本书过来随便翻了几下，又拿这翻书的手抹抹头发。那本书就像有弹簧似地合上了。

什么东西都是黑黝黝的。熟猪肝色的板壁。深棕色的桌子。灰黑色的地。打窗子里射进来一些没精打彩的亮，到那张方桌上就止了步。包国维的黯影像一大片黑纱似的——把里面坐在床上的几个人遮了起来。

沉默。

老包一个劲儿摸着下巴：几根灰白色的短胡子像坏了的牙刷一样。他还有许多话得跟戴老七他们说，可是这时候的空气紧得叫他发不出声音来。

倒是戴老七想把这难受的沉默打碎。他小声儿问：

“他什么时候上学？”

仿佛戳了老包一针似的：他全身震了一下。他那左手发脾气地用力扭着下巴，咬着牙说：

“后天。”

突然包国维把翻着的书一扔，就起身往房门口走。

谁都吓了一跳。

在……咳哼，咳哼。你先说一声我再自己去跟他……跟他……。”

“唔，我一定去说。小谢这个人到不错，大概……”

于是老包又咳几声清清嗓子，拖泥带水地谈着他的景况：他向胡大借了二十块，向高升借了七块，向梁公馆的车夫借了五块。学堂里缴了费就只能剩十来块钱：还得买书，还得买点袜子什么的。一面说一面把眼睛附近的皱纹都挤了出来。

“你看看：这样省吃省用，还是……还是……你看：包国维连皮鞋都没有一双，包国维。”

这么一说了，老包就觉得什么天大的事也解决了似的。他算着一共借来了三十二块钱，把五十一块往市民银行一缴，他就什么都不怕。过年他还得拿十来块赏钱，这么着正够用。他舒舒服服过了这一下午。

心里一快活，他就忍不住要跟他儿子说话。

“明天我们可以去缴费了，明天……钱够是够用的，我在胡大那里……胡大他有……”

包国维抹一抹头发站了起来，自言自语地说：

“我要买一瓶头发油来。”

“什么油？”

“头发油！——搽头发的！”包国维翻着长桌子的抽屉，一脸的不耐烦。“三个抽屉都是这么乱七八糟，什么也找不着！真要命，真要命！什么东西都放在我的抽屉里！连老花眼镜……”

老包赶快把他的眼镜拿出来：他四面瞧瞧，不知道要把眼镜放在什么地方才好。

四

第二天老包到市民银行去缴了费，顺便到了戴老七店里。回来的时候，他带了个小瓶子，里面有些红色的油。

公馆里的一些人问他：

“老包，这是什么？”

“我们包国维用的。”

“怎么，又是写洋字的么？”

老包笑了笑，把那瓶东西谨慎地捧到了房里。

儿子穿一件短棉袄在刷牙，扬着眉毛对那瓶子瞟了一眼。

“给你的，”老头把瓶子伸过去给他看。

“什么东西？”

“头发油。问戴老七讨来的……闻闻看：香哩。”

“哼！”包国维掉过脸去刷他的牙。

那个楞了会儿。拿着瓶子的手临空着：不知道还是伸过去好，还是缩回来好。

“你不是说要搽头发的油么？”

那个猛地把牙刷抽出来大叫着，喷了老包一脸白星子。

“我要的是司丹康！司丹康！司丹康！懂吧，司丹康！”

他瞧着他父亲那付脸子，就记起昨天这老头当着郭纯的面喊他——要跟他说话。他想叫老头往后在路上别跟他打招呼，可是这些话不知道要怎么开口。于是他更加生气：

“拿开！我用不着这种油！——多寒伧！”

包国维一直忿忿着，一洗了脸就冲了出去。

老包手里还拿着那个瓶子：他想把它放在桌子上，可是怕儿子回来了又得发脾气；摔掉可舍不得。他开开瓶塞子闻了闻。他摸着下巴。他怎么也想不出包国维干么那么发怒。

眼睛瞥到了镜子：自己脸上一脸的白斑。他把瓶子放到了床下，拿起一条手巾来擦脸。

“包国维为什么生气呢？”

他细细想了好一会——看有没有亏待了他的包国维。他有时候一瞧见儿子发脾气，他胸脯就像给缚住了似的：他纵了他儿子——让他变得这么暴躁，可是他不说什么：他怕在儿子火头上浇了油，小伙子受不住，气坏了身体不是玩意账。他自从女人一死，他同时也就做了包国维的娘，老子的气派消去了一大半，什么事都有点婆婆妈妈的。

可是有时候又觉得包国维可怜：要买这样没钱，要买那样没钱。这小伙子永远在这么一间霉味儿的屋子里用功，永远只有这么一张方桌给他看书写字。功课上用的东西那么多，可是永远只有这么三个抽屉给他放——做老子的还要把眼镜占他一点地方！

他长长地抽了一口气，又到厨房里去找胡大谈天，他肚子里许多话不能跟儿子说，只对胡大吐个痛快：胡大是他的知己。

胡大的话可真有道理。

“嗳，你呀，”胡大把油碗一个个揩一下放到案板上。“我问你：你将来要享你们包国维的福，是不是？”

停了会他又自己答。

“自然要享他的福。你那时候是这个，”翘翘大拇指。“现在他吃你的。往后你吃他的。你吃他的——你是老太爷：他给你吃好的穿好的，他伺候得你舒舒服服。现在他吃你的——你想想：他过的是什么日子！他没穿过件把讲究的，也没吃什么好的，一天到晚用功读书……”

老包用手指抹抹眼泪。他对不起包国维。他恨不得跑出去把那小伙子找回来，把他抱到怀里，亲他的腮巴子，亲他那双淡淡的眉毛，亲他那个突出的下巴。他得对儿子哭着：叫儿子原谅他——“我对不起你，我对不起你。”

他鼻尖上一阵酸疼，就又拿手去擦着眼睛。

可是他嘴里的——又是一回事：

“不过他的脾气……”

“脾气？嗳——”胡大微笑着，怪对方不懂事似地把脑袋那么一仰。“年纪青青的谁没点儿火气？老包你年青的时候……谁都一样。你能怪他么？你叫高升评评看——我这话对不对。”

着，老包要的也不过这几句话。他自己懂得他的包国维，也望着别人懂得他的包国维。不然的话别人就得说：“瞧瞧，那儿子对老子那么个劲儿，哼！”

现在别人可懂得了他的包国维。

老包快活得连心脏都痒了起来。他瞧瞧胡大，又瞧瞧高升。

高升到厨房里打开水来的，提着个洋铁壶站着听他们谈天，这里他很快地插进嘴来：

“本来是！青年小伙子谁都有火气。你瞧表少爷对姑太太那个狠劲儿罢。表少爷还穿得那么好，吃得那么好：比你们包国维舒服得多哩。姑太太还亏待了他么？他要使性子末。”

“可不是！”胡大拿手在围身布上擦了几下。

“唔。”忽然老包记起了一件事。把刚要走的高升叫住：

“高升我问你：表少爷头上搽的什么油？”

“我不知道。我没瞧见他使什么油，只使上些雪花膏似的东西。”

“雪花膏也搽头发？”

“不是雪花膏，像雪花膏。”

“香不香？”

“香。”

包国维早晨说的那个什么“康！康！康！”——准是这么一件东西。

下午听着表少爷的皮鞋响了出去，老包就溜到了表少爷房里。雪花膏包国维也有，老包可认识：他除开那瓶雪花膏，把其余的瓶子都开开闻了一下。他拣上了那瓶顶香的拿到手里。

“不好。”

表少爷要是查问起来，发现这瓶子在老包屋子里，那可糟了糕。他老包在公馆里三十来年，没干过一桩坏事的。

他把瓶子又放下，楞了会儿。

“康！康！康！”

准是这个：只是瓶子上那些洋字儿他不认识。

忽然他有了主意：他拿一张洋纸，把瓶子里的东西没命地挖出许多放在纸上，小心地包着，偷偷地带到自己屋子里。

这回包国维可得高兴了。可是——

“现在他在什么地方？他还生不生气？”

唔，包国维这时候在郭纯家里。包国维这时候一点也不生气，包国维并且还非常快活：郭纯答允了这学期让他做候补篮球员，包国维倒在沙发上。手老抹着头发。

“我什么时候可以正式参加比赛?”包国维问自己。

屋子里五六个同学在打着闹着笑着，包国维可一个人想了开去。

也许还得练习几个月，要正式参加比赛的话。那时候跟飞虎队拼命，他包国维就得显点身手。他们这喜马拉雅山队的姿势比这次全国运动会的河北队还好：一个个都会飞似的。顶好的当然是包国维。球一到了他手里，别人怎么也没办法。他不传递给自己人，只是一个人冲上去。对方当然得发急，想拦住他的球，可是他身子一旋，人和球都到了前面。……

他的身子就在沙发上转动了一下。

那时候当然有几千几万看球的人，大家都拍手——赞美他包国维的球艺。女生坐在看台上拼命打气：顶起劲的不用说——是安淑真，她脸都发紫。正在这一刹那，他包国维把球对篮里一扔：咚——二分！

“喜马利亚！——喜马利亚！——啦啦啦!”

女生们发疯似地喊起来：叫得太快了点儿，把喜马拉雅说成了“喜马利亚”。

包国维的屁股在沙发上移动一下，嘴巴动了几动。

一个球可不够，于是他又投进了五个球，第一个时间里他得了十二分。

休息的时候他得把白绒运动衫穿起来。女生都围着他，她们在他跟前撒娇，谁也要挨近他，挨不到的就嘟着嘴吃醋，也许还得打起架来。……

打架可不大那个。

就不打架，他只要安淑真挨近他。空地方还多，再让几个漂亮点的挨近他也不碍事。于是安淑真拿汽水给他喝……

“汽水还不如橘子汁。”

好罢，橘子汁。什么牌子的？有一种牌子似乎叫做什么牛的。那不管他是公牛母牛，总而言之是橘子汁。一口气喝了两瓶，他手搭在安淑真肩上又上场。他一个人单枪匹马地又投进了七个球。啦，啦！

郭纯有没有投进球？……

他屁股又在沙发上移动一下，瞧瞧郭纯。

好罢，就让郭纯得三分罢。三分：投进一个，罚中一个。

忽然——不知道哪位同学唱起京戏来。包国维皱一皱眉：他努力理起思路来，把刚才想的再想下去。

赛完了篮球。大家都把他举起来，真麻烦，十几个新闻记者都抢着要给他照相，明星公司又请他站在镜头前面——拍新闻片子！当天晚报上全登他的照片：小姐奶奶们都把这剪下来钉在帐子里。谁都认识他包国维。所有的女学生都挤到电影院里去看他的新闻片，连希佛来的片子也没人爱看了。……

包国维站了起来，在桌上拿了一支烟点着又坐到沙发上。他心跳得很响。

别人说的话他全没听见，他只是想着那时候他得穿什么衣裳。当然是西装：有郭纯的那么多。他一天换一套，挟着安淑真在街上走，他还把安淑真带到家里去坐，他对她……

“家里去坐?”

忽然他给打了一拳似地难受起来。

他有那么一个家！黑黝黝的什么也瞧不明白，只有股霉味儿往鼻孔里钻，两张床摆成个 L，帐子成了黄灰色。全家只有一张藤椅子——说不定胡大那张油腻腻的屁股还坐在那上面哩。安淑真准得问这是谁。厨子！那老头儿是什么人：他是包国维的老子，刘公馆里的三十年的老听差，只会摸下巴，咳嗽，穿着那件破棉袍！……

包国维在肚子里很烦躁地说：

“不是这个家！不是这个家！”

他的家得有郭纯家里这么个样子。他的老子也不是那个老子：该是个胖胖的脸子，穿着灰鼠皮袍，嘴里衔粗大的雪茄；也许还有点胡子；也许还带眼镜；说起话来笑嘻嘻的。于是安淑真在他家里一坐就是一整天。他开话匣子给她听：《妹妹我爱你》。安淑真就全身都扭了起来。他就得理一理领结，到她跟前把……

突然有谁大叫起来：

“那不行那不行!”

包国维吓了一大跳。他惊醒了似地四面瞧瞧。

他还是在郭纯家里。五六个同学在吵着笑着。龚德铭跟螃蟹摔交玩，不知怎么一来螃蟹就大声嚷着。

“那不行！你们看龚德铭！嗨，我庞锡尔可不上你的当!”——他叫做庞锡尔，可是别人都喊他“螃蟹”。

包国维叹了口气，把烟屁股摔在痰盂里。

“我还要练习跑短距离，我每天……”

他将来得比刘长春还跑得快：打破了远东纪录。司令台报告成绩的时候……

可是他怎么也想像不下去：司令台的报告忽然变成了龚德铭的声音：

“这次不算，这次不算！你抓住了我的腿子，我……”

龚德铭被螃蟹摔到了地下。一屋子的笑声。

“再来，再来!”

“螃蟹是强得多!”

“哪里!”龚德铭喘着气。“他占了便宜。”

包国维也大声笑起来。他抹抹头发，走过去拖龚德铭：

“再来，再来!”

“好了好了好了，”郭纯举着一只手。“再吵下去——我们的信写不下去了。”

“写信?”

包国维走到桌子跟前。桌子上铺着一张“明星笺”的信纸，一支钢笔在上面画着：李祝龄在写信。郭纯仆在旁边瞧着。

“写给谁?”包国维笑得露出了满嘴的牙齿。

钢笔在纸上动着：

“我的最爱的如花似月的玫瑰一般的等男妹妹啊。”

接着——“擦达!”一声，画了个感叹符号。

吓，郭纯叫李祝龄代写情书!包国维可有点不高兴：郭纯干么不请他包国维来写呢?——郭纯觉得李祝龄比他包国维强么?包国维就慢慢放平了笑脸，把两个嘴角往下弯着，瞧着那张信纸。他一面在肚子里让那些写情书用的漂亮句子翻上翻下：他希望李祝龄写不出，至少也该写不好。他包国维看过一册《爱河中浮着的残玫瑰》，现在正读着《我见犹怜》，好句子多着哩。

不管李祝龄写不写得出，包国维总有点不舒服：郭纯只相信别人不相信他!可是打这学期起，郭纯得跟他一个人特别亲密：只有郭纯跟他留级，他俩还是同班。

包国维就掉转脑袋离开那张桌子。

那几个人谈到了一个同学的父亲：一个小学教员，老穿着一件蓝布袍子。那老头想给儿子结婚，可是没子儿。

“哦，他么?”包国维插了进来，扬着眉毛，把两个嘴角使劲往下弯——下嘴唇就又加厚了两倍。“哈呀，那付寒伧样子!——看了真难过!”

可是别人像没听见似的，只瞟了他一眼，又谈到那穷同学有个好妹妹，在女中初中部，长得真——

“真漂亮！又肥：肥得不讨厌，妈的！”

包国维表示这些话太无聊似地笑一笑，就踱到柜子跟前打开柜门。他瞧着里面挂着的一套套西装：紫的，淡红的，酱色的，青的，绿的，枣红的，黑的。

这些衣裳的主人侧过脸来，注意地瞧着包国维。

瞧衣柜的撅着嘴唇嘘口气，抹抹头发，拿下一条淡绿底子黄花的领带。他屁股靠在沙发的靠手上，对着镜子，规规矩矩在他棉袍的高领子上打起领结来，他瞧瞧大家的眼睛：他希望别人看着他。

看着他的只有郭纯。

“嗨，你这混蛋！”郭纯一把抢开那领带。“肏妈的把人家领带弄脏了！”

包国维吃力地笑着：

“哦唷，哦唷！”

“怎么！”郭纯脸色有几分认真。他把领带又挂到柜子里，用力地关上门。“你再偷——老子就揍你！”

“偷？”包国维轻轻地说。“哈哈哈。”

这笑容在包国维脸上费劲地保持了好些时候。腮巴子上的肌肉在打颤。他怕郭纯真的生了气，想去跟郭纯去搭几句，那个可一个劲儿仆在桌上瞧别人代写情书。

“他不理我了么？”

包国维等着：看郭纯到底睬不睬他。他用手擦擦脸，又抹抹头发。他站起来。他坐在靠手上。接着他又站起来踱了几步，就坐到螃蟹旁边。他手放在靠手上，过会儿把它移到自己腿上，两秒钟之后又把两手在胸脯上叉着。他脚伸了出去又退回来。他总是觉得不舒服。手叉在胸脯上似乎压紧着他的肺部，就又给搁到了靠手上。那双手简直没有什么地方可以放下。那双脚老缩着也有点发麻。他眼睛也不知道瞧什么才合适：龚德铭他们只顾谈他们的，仿佛这世界上压根儿就没长出个包国维。

他想：他要不要插嘴呢？可是他们谈的他不懂：他们在谈上海的土耳其按摩院。

“这些话真无聊！”他肚子里说。

站起来踱到桌子跟前。他不听他们的：他怕有谁忽然问他：“你到过上海没有，进过按摩院没有？”没有。“哈，多寒伧！”

他只等着郭纯瞥他一眼。他老偷偷地瞅着郭纯。到底郭纯跟他是要好的。

“喂，包国维你来看。”

叫他看写着的几句句子。

包国维了不起地惊叫起来：

“哦？……唔，唔。……哈哈哈。……”

“不错吧？”郭纯敲敲桌子。“我们李祝龄真是，噢，写情书的老手。”

郭纯不叫别人来看，只叫他包国维！他全身都发烫：郭纯不但还睬他，并且特别跟他好。他想跳一跳，他想把脚呀手的都运动个畅快。他应当表示他跟郭纯比谁都亲密——简直是自己一家人。于是他肩膀抽动着笑着。

“哈哈哈，吕等男一定是归你的！”

还轻轻地在郭纯腮巴子上拍拍。

那个把包国维没命地一推：

“嗨，你打人嘴巴子！”

包国维的后脑勺撞在柜子上。老实有点儿疼。他红着脸笑着：

“这有什么要紧呢？”

郭纯五成开玩笑，五成正经地伸出拳头：

“你敢再动！”

大家都瞧着他们，有几个打着哈哈。

“好好好，别吵别吵，”包国维仿佛笑得喘不过气来似的声调。“我行个礼，好不好。……呃，说句正经话：江朴真的想追吕等男么？”

郭纯还是跟他好的，郭纯就说着江朴追吕等男的事。郭纯用拳头敲敲桌子：要是江朴还那么不识相，他就得“武力解决”。郭纯像誓师似地谈着，眼睛睁得挺大：这双眼总不大瞥到包国维脸上来。

不过包国维很快活，他的话非常多，他给郭纯想了许多法子对付江朴。接着别人几句话一岔，不知怎么他就谈到了篮球，他主张篮球员应当每天匀下两小时功课来练习。

“这回一定要跟飞虎队拼一拼，是吧，郭纯你说是不是。我们篮球员每天应当许缺两个钟头的课来练习，我们篮球员要是……”

“你是篮球员么!”龚德铭打断他，“用得着你去赛么!”

包国维的脸发烫，后脑勺上也疼得发烫：

“怎么不是的呢：我是候补球员。”

“做正式球员还早哩。要多练习，晓得吧。”

“我不是说的要练习么?”

郭纯不经心地点一点头。

于是包国维又活泼起来，再三地说：

“是吧，是吧，郭纯你说是不是，我的话对吧，是吧。”

包国维一直留着这活泼劲儿。他觉得他身子高了起来，大了起来。一回家就告诉他老子——他得做一件白绒的运动衫。

“运动衫是不能少的：我当了球员。还要做条猎裤。”

他打算到天气暖和的时候，就穿着绒衫和猎裤在街上走，没大衣不碍事。

“要多少钱?”老头又是摸着下巴。

“多少钱？我怎么知道！我又不是裁缝！”包国维摸着后脑勺。

“迟一下，好不好，家里的钱实在……”

“迟一下！说不定下个星期就要赛球，难道叫我不去赛么！”

“等过年罢，好不好？”

老包算着过年那天可以拿到十来块钱节赏。他瞧着儿子坐到了藤椅上，没说什么话，他才放了心。这回准得叫包国维高兴，这小伙子做他老包的儿子真太苦了。

包国维膝头顶着桌沿，手抹着头发，眼钉着窗子。

老头悄悄地拿出个纸包来：他早就想要给包国维看的，现在才有这机会。他把纸包打开闻一闻，香味还是那么浓，他就轻轻地把它放到那张方桌上。

“你看。”

“什么，这是？”

“你不是说要搽头发么？就是你说的那个康……康……”

包国维瞧了一个，用手指拈拈，忽然使劲地拿来往地下一摔：

“这是浆糊！”

可是开课的第二天，包国维到底买来了那瓶什么“康”，留级不用买书，老包留着的十多块钱就办了这些东西。老头一直不知道那“康”花了几个钱，只知道新买来的那双硬底皮鞋是八块半。给包国维的十几块，没交回一个铜子：老包想问问他，可是又想起了胡大那些话。

“唔，还是不问罢。”

五

过年那天包国维还得上学。公馆里那些人还是有点奇怪。“真的年也不过就上学么?”

“哦，可不是么，”胡大胜利地说。

老包可得过年。这天下午，陈三癞子和戴老七来找老包：讨债。

“请你别见怪，我年关太紧，那笔钱请你帮帮忙。”

“陈三，陈三，这回我亏空得一塌糊涂，这回。包国维学堂里……”

陈三癞子在那张藤椅上一坐，把腿子叠起来。他脸上的皮肉一丝也不动，只是说着他的苦处：并不是他陈三不买面子，可是他实在短钱用。那二十块钱请老包连本带利还他。

外面放爆竹响：劈劈拍拍的。孩子们吹着什么东西在尖叫着。

老包坐着的那张凳子像个火炉似的，他屁股热辣辣地发烫。他瞧瞧戴老七，戴老七把眼珠子移了开去。

那讨债的说不说得明白？要是他放厉害点儿……

咳了一声，老包又把说过的说起来：他亏空得不小。本来算着钱刚够用，可是包国维学堂里忽然又得缴什么操衣钱。接着谈到送儿子上学不是容易的事，全靠几位知己朋友成全他。他说了几句就得顿一会儿，瞧着陈三癞子那个圆脑袋，于是咳清了嗓子又往下说。过会儿又怕两位客人的茶冷了，就提着宜兴壶来给倒茶：手老哆索着，壶嘴里出来的那线黄水就一扭一扭的，有时候还扭到了茶杯外面去。

可是那个只有一句话。

“哪里哪里。不论怎样要请你帮帮忙。”

老包楞了会儿。他那一脸皱纹都在颤动着。

屋子里有毕剥毕剥的响声，戴老七在弹着指甲。戴老七显然有点为难：他跟老包是好朋友，可是这笔钱是他做的中人。他眼睛老钉着地下的黑砖，仿佛没听见他们说话似的。等陈三癞子一开口，他就干咳几声。

三个人都闭了会儿嘴。外面爆竹零碎地响着，李妈哇啦哇啦在议论什么。

“怎么样?”陈三癞子的声音硬了些。“请你帮帮忙：早点了清这件事，我还有许多……。”

“我实在……”

接着老包又把那些话反复地说着。

胡大走了进来，可是马上又退出去。

“胡大，进来坐坐罢。”

可是陈三癞子并不留点地步：他当着胡大的面也一样的说那些。他脸子还是那么绷着，只是声音硬得铁似的：

“帮个忙，大家客客气气。年三十大家闹到警察那里去也没有意思，对不对。老戴，大家留留面子罢：你是中人，你总会……我只好拜托你。”

戴老七把眼睛慢慢移到老包脸上：

“老包。……”

叫老包还怎么说呢？那二十块还不起是真的。他嘴唇轻轻地动着，可是没发出一点儿声音。肚子里说不出的不大好受，像刚吃过了一大包泻盐。

讨债的人老不走，过了什么两三分钟他就得——

“喂，到底怎样？请你不要开玩笑！”

这么着坐到四点钟左右，忽然省立中学一个校役送封信来：请包国维的家长和保证人马上到学校里去。

“什么事？”老包的手搁在下巴上颤着。

“校长请你说话。”

可是陈三癞子不叫老包走。

“呃呃呃，你不能走！”——搭住老包的膀子。

“我去去就来，我去一下就……学堂里……学堂里……”

“那不行！”

那位校役可着急地催老包走。

陈三癞子拍拍胸脯：

“我跟你走！老戴你自然也要同去！”

他俩跟老包到学校里。那校役领老包走进训育处办公室。戴老七在外面走廊上踱着。陈三癞子从玻璃窗望着里面，不让眼睛放松一步：他怕老包打别的门逃出去。

老包一走进训育处，可吃了一惊。

包国维和一个小伙子坐在角落里，脸色不大好看。包国维眼珠子生了根似地钉在墙上，耳朵边一块青的。可是头发还很亮：他搽过那什么“康”，只是没那么整齐。

屋子里有许多人。老包想认出那注册处的胖子来，可是没瞧见。

校长在跟一个小伙子说话，脸上堆着笑。那小伙子一开口，校长就鞠躬地呵着腰：“是，是，是。”可是他把老包从脑袋到破棉鞋打量了一会，他就怕脏似地皱着眉：

“你就是包国维的家长么?”

“唔，我是……我是……”

校长对训育主任翘翘下巴，又转过脸去跟小伙子谈起来。训育主任就跨到老包跟前，详详细细告诉他——包国维在学校里闯下了祸。一面说一面还把眼睛在老包全身上扫着，有时候瞟那边的包国维一眼。

“事情是这样的。……”

他们几个同学在练习篮球，江朴打那里走过，郭纯讥笑了他几句什么，他俩吵起嘴来。不过训育主任不大明白吵些什么，据说是为了爱人的事。

“于是乎庞锡尔……”训育主任指指包国维旁边那小伙子。

于是乎庞锡尔喊“打”。包国维冲过去撞了江朴一下。江朴只是和平地跟庞锡尔说好话。

“我是同郭纯吵嘴，你来多事干什么?”

包国维跳了起来：

“侮辱我们队长——就是侮辱我们全体篮球员！打!”

“打!”郭纯在旁边叫，“算我的!”

真的打了起来。包国维像有不共戴天之仇似地跟江朴拼命，庞锡尔也帮着打。江朴一倒，他俩的拳头就没命地捶下去。许多人一跑来，江朴可已经昏了过去，嘴里流着血。身上有许多伤：青的。校医说很危险，立刻用汽车把江朴送到医院里，一面打电话告诉江朴的家长。

“这位就是江朴的家长，”训育主任指指那位小伙子。

江朴的家长要向法院起诉，可是校长劝他和平解决。于是——

“于是乎提出三个条件，”训育主任用手指数着，“第一个是：要开除行凶的人。其次呢：江朴的医药费要包国维和庞锡尔担任。末了一个是：江朴倘有不测，他是要法律解决的。”

训育主任在这里停了会儿。

老包眼睛跟前发了一阵黑，耳朵里嗡的响了起来。他一屁股倒在椅子上。

所谓开除行凶的人，郭纯可没开除：要是开除了郭纯，郭纯的父亲得跟校长下不去。打算记两大过两小过，可是训育主任反对，结果就记了一个大过。

不过训育主任没跟老包谈这些，他只说到钱的事。

“庞锡尔已经交来了五十块钱——预备给江朴做医药费：以后不够再交来。现在请你来也是这件事，请你先交几个钱，请你……”

“什么?”

“请你先交几个钱，做江朴的医药费。”

老包的舌头仿佛不是自己的了，他喃喃着：

“我的钱……我的钱……”

许多人都静静地瞧着他。

突然——老包像醒了过来似的，瞧瞧所有的脸子。他要起来又坐下去，接着又颤着站起来。他紧瞧着训育主任，瞧呀瞧的就猛地往前面一扑，没命拖着训育主任的膀子，嗄着嗓子叫：

“包国维开除了！包国维开除了！……还要钱！还要钱！我哪里去找钱呢！我……我我我……我们包国维

开除了！我们包国维……”

几个人把他拖到椅子上坐着。他没命地喘着气。两只手哆索着，抓着拳，一会儿又放开。嘴张得大大的，一个嘴角上有一小堆白沫。脑袋微微地动着，他瞧见别人的脑袋也都在这么动着。他觉得有个什么重东西在他身上滚着。他眼泪忽然线似地滚了下来，他赶紧拿手遮住眼睛。

“喂，”校长耐不住似地喊他，“你预备怎么办呢？……流眼泪有什么用。医药费总是要拿出来的。”

老包抽着声音：

“我没有钱，我没有……我欠债……我……我们包国维开除了。……”

“你没钱——可以去找保证人。保证人呢，他为什么没有来？”

“他到上海去了。”

“哼，”校长皱皱眉。“这么瞎填保证书！——凭这点可以依法起诉！”

“先生，先生，”老包站起来向校长作揖，可是站不稳又坐倒在椅子上。“我实在……我实在……钱慢点交罢。”

“那也行：那么你去找个铺保。”

“我去找。”

“我们派个职员跟你去，宓先生，”翘翘下巴。一位先生就赶快带上帽子起身。校长点点头："好，把包国维领走罢。"

可是老包到了门口又打转。他扑下去跪在校长跟前，眼泪像流水似的：

"先生，先生，为什么要开除包……包……叫他到哪里去呢，他是……他……不要开除他罢，不要开除他罢。……先生，先生，做做好事，不要……不要……"

"那——那是办不到的。"

校长转过脸去，又堆着笑和那小伙子谈起来。

"先生，先生！……"老包哭着嚷。

这件事可说不回去的。老包给拉起来走了两步，他又记起了学费。

"学费还我么，学费?"

学费照例不还。二十块钱制服费呢？制服已经在做着，不能还，其余那些杂费什么的几块钱是该退还的，可是得扣着做江朴的医药费。

老包走了出来：门外面瞧热闹的学生们都用眼睛送他走。他后面紧跟着几个人：陈三癞子，戴老七，那位宓先生，包国维。

"戴老七做做好事：给我做个铺保罢。"

"嗳，你想想。陈三这二十块我做了保，现在还没下台哩。我再也不干这呆事了。"

往哪里找铺保？他出了大门楞了会儿，他身子摇摇的要倒下去。可是陈三癞子硬得铁似的声音又刺了过来：

“喂，到底怎样？我不能跟你尽走呀！”

包国维可走到了前面：手插在裤袋里，齐脑袋到胸脯都往前一摆一摆的。发亮的皮鞋在人行路上响着：橐，橐，橐，橐，橐。

老包忽然想要把包国维搂起来：爷儿俩得抱着哭着——哭他们自己的运气不好。他加快了步子要追包国维，可是包国维走远了。街上许多的皮鞋响，辨不出哪是包国维的。前面有什么在一闪一闪地发亮：不知道还是包国维的头发，还是什么玻璃东西。

“包国维！……包……包……”

陈三癞子拼命搭了他一把：

“喂，喂，到底怎样！要是吃起官司来……”

那位宓先生搯搯额头，烦躁地说：

“你的铺保在哪里呀，我难道尽这样跟你跑，跟你……”

老包忽然瞧见许多黑东西在滚着，地呀天的都打起旋来。他自己的身子一会儿飘上了天，一会儿钻到了地底里。他嘴唇像念经似地动着：嘴巴成了白色。

“包国维开除了，开除……开除……赔钱……”

他脑袋摇摇的，身子跟着脑袋的方向——退了几步。他背撞到了墙上；腿子一软，一屁股就坐到了地下。

保　镖

傍晚。太阳有气没力地往下沉：那个走路人的影子就长得像一条蛇。

这影子使这走路的人安不下心来，他要逃掉它似地加快着步子。他脑袋虽然俯着，可是眼睛在偷偷地往四面瞟着。只要树叶子一动，他就得吓一大跳。

空气已经凝成了火药似的东西，动不动就会爆炸。

一直到那个关帝庙门口，他才透过了一口气。

他瞧瞧庙门：上面那块匾已经掉了漆，“庙”字去掉了大半边。只有直挂着的布招牌还是崭新的：用灯笼字写着第几连连部。旁边懒懒地站着个卫兵，那身灰布军衣新得发股臭味儿，可是帽子旧得成了白色。

“我来会向连长，我是……”

卫兵似乎吃了一惊：那顶成了白色的帽子一动，那下面一只小眼睛就钉到那走路人身上——仔仔细细打量着。

那个走得满身的汗，张着嘴喘着，露出几颗大牙。

脸子黑得发油。手指粗得像柴棍。一瞧就知道这是个乡下老。可是他带着一顶旧草帽——嵌在后脑勺上，让他那紫酱色的额头突出着。身上那件竹布长衫也不怎么合身：胸脯上和肋窝里都勒得紧紧的，画着一条条的横皱。

他偷偷地四面瞟了一眼，把脸凑近卫兵，压紧着嗓子：

"我姓来，我是……向连长是我的……我是向连长叫我来的。"

眼睛溜到了那卫兵的脚上：绑腿打得一点也不高明，下面踏着一双破草鞋，可没穿袜子。这双脚往前面移了一步，这位武装同志的脑袋伸进庙门叫着：

"袁胜生，袁胜生！……这个人要会连长。"

那姓来的一跨进了庙门，刚才那些紧绷绷的劲儿全松下来。他把旧草帽取下来扇着，还用手搔搔他那和尚头。

向连长迎了出来。

"嗨，你才来！我当你三点钟会到的，我等得……喃，怎么，哪里来的这么一顶洋草帽呀？"

一只大手搭到了那姓来的身上，亲亲热热地把他搭进"连长办公室"，还一直不停地走着，到了一间套房里。

这儿是间卧室。一个二十来岁的娘们儿坐在床上，对着桌上的镜子拍粉：淡红绒拍子在她脸上敲着，到处都扬着白色的灰末，像大炮吐的烟。

她瞧着进房的两个汉子一楞，起身就往外走。

可是向连长一把拖住她：

“别走别走，这是自家人。……嗳，你看见过的呀——这位大成哥，来大成。……不认识了么?”

女的打招呼地笑一下，就收拾起桌上的镜箱子。

向连长忙着叫那来大成脱掉那件竹布长衫，又喊勤务兵打洗脸水，接着把线春短褂的袖子捞了一下，小声儿问着：

“怎么，杨国斌没有护送你来么?”

“没有。他说他有公事到团部去。”

“混蛋!”向连长在自己大腿上一拍。“真混蛋！我叫他护送你来，他竟……”

“呃，不怪他：公事是不能够耽误的，他是……”

可是向连长怒气更大了点儿，鼻孔里哼着，嘴里骂着各种各色的蛋。

“哼，真混蛋！忘八蛋！坏蛋！这杨国斌……这臭瘟蛋！公事！——他分明是去睡婊子去了，什么公事！……他竟敢不听我的命令！……要是你在路上出了危险怎么办！……这……这这……”

停了会儿，猛地敲一下桌子——訇!

“这鸡巴蛋！……等他回来我枪毙他!”

“我现在并没碰见危险呀，”那个打面盆上抬起那张水淥淥的脸来，嘴角上挂着微笑。

向连长又捞捞袖子，嘘了一口气。

“不过他总是不听我的命令：他竟敢——贻误军机！……这龟孙子！他简直不知道我是……”

这里他站了起来，跨两步走到来大成跟前，把声音放低了点儿：

“嗨，这几天我连觉都睡不着，他们都是反革命，他们对你……喃，紧是真紧！我想得连觉也没好好睡过一觉：我想要是我们大成哥落到了杨财神手里——那怎么办呢，那是……”

洗着脸的人停了一会动作：把手巾停到下巴上：

“你怎样晓得杨财神对我……？”

“吓，这都不知道么，”那个笑。“这点消息都打听不出——那我还带什么兵，吃什么鸡巴粮子！”

于是就大笑起来。

那女的傻了似地瞧着他们，听他们谈了老半天似乎听不出一点儿兴味，就在找一件什么——东翻翻，西翻翻，空着两只手走出了房门。

屋子里一阵阵黑下来，只有当着窗子的地方透进了一点朦胧的光。向连长那张大脸成了个模糊的黑团子，只瞧得见他的眼睛在一闪一闪的。

“嗳，我真是不放心：要是杨财神那批反革命抓住了你那就——我跟你——我们——噢，是不是：那不用说，又是同志又是知己朋友，要是我不救你，那我向铁皮往后还有脸去革命么——那不是扯鸡巴蛋！……我们是……伍长标，伍长标！……”

“有！”

“点灯！”

沉默。

他们瞧着勤务兵把煤油灯点着。油上得太多，灯火在一跳一跳的，他们的影子也就在哆索着。

来大成接过向连长给他的大英牌来抽着，眼钉着白纸糊的窗子，在深深地想着什么。

那位向铁皮跟来大成挨着坐着。捞一下袖子，露出毛茸茸的膀子，就拿这膀子打着手势，把刚才谈着的说了下去。他告诉那个乡下老，他着急了几天几晚，于是派人去接大成哥逃出那地方。可是这里——

“这里也不是安稳的地方。”

“我晓得，我晓得，”来大成用感激的眼色瞧着他。“那位杨……杨……”

“杨国斌。”

“唔，杨国斌。杨国斌告诉我们的。他说你今夜里就打算送我到省里去。”

“是啊，”点点脑袋。“是啊。是啊。……你一到了省里就不怕了。杨财神——哼，他抓得住你么！……这里对你的风声也紧，不过在我这里——嗨，那你放心。不过……不过不过……”

他看着自己手里的烟，皱一皱眉毛。他说师部里这几天得派人来点验，让大成哥住在这儿可不大那个。

“这是没有法子的事，这里你……”

“我晓得，我晓得。”

“今晚一定要走——就是这个道理。……嗯，你只管放心：有我！我叫黄特务长护送你上省，带两个驳壳。……嗯，你放心：我已经弄得停停当当的，要不然的话我还革什么命呢，嗨，对不对。”

已经开了饭，他俩还不住嘴地谈。向连长说着以前的事，起劲地拍着大腿。

“嗬，真起劲，那时候——噢，是不是。那才真正叫做革命：革命应当要这么个革法，不然的话还革什么鸡巴蛋！……杨财神把我们恨得真是——嗨，你记得……”

来大成瞧着地下，嘘了一口气，就把眼睛移到向连长脸上：

“现在是杨财神他们要报仇。他们恨不得亲手干掉我：我晓得的。”

“哈哈，那时候……”

那个女人走了进来，脸上没一点表情地告诉他们：菜呀酒的已经摆好了。

“再不吃会要冷掉的。”

“嗯，嗯，唔，”向连长似乎没把她的话放在心上，只把脸对着来大成，脑袋在空中慢慢地画着弧线。“嗨，你记得那姓马的小伙子吧：他对我那种……”

女的手撑在桌沿上，用舌子舐着嘴唇。

房门口出现了一张狭长的脸——鬼头鬼脑看着他们。向连长就打住自己的话，热烈地对那家伙招着手。

“来呀来呀。……这就是大成哥，来大成。吓，”翘起个大拇指，“我们大成哥是一条革命好汉：我们那里的农民协会就是大成哥办的。”

来大成不自然地笑着招呼一下，接着结结实实瞅了向连长一眼：

“这是？”

“不要紧不要紧：都是自家人。这是我的黄特务长——也是很革命的。”

吃饭的时候向连长话更多起来，一面不断地叫来大成别忘了吃菜。那碗栗子鸡是特地给来大成炖的。那瓶汾酒也一点不含糊是道地货。

来大成老是瞟到对面的黄特务长身上去。他似乎有许多话要说，可是没有开口。有时候也把眼睛溜到女人脸上。她从前是街坊上的私货，一天到晚不大开口，不知道向铁皮怎么拣上了她的。半年以前来大成见过她一面，那时候她那张脸可比现在饱满得多。

那位说话顶多的——酒也喝得顶多。他脸上发点红，动不动用手拍桌子，灯光就一跳。他在告诉黄特务长：来大成是他们的头脑。

“吓，那时候：我们大家都听大成哥的话。……土豪劣绅都站不住脚：杨财神真恨死了我们。我们是只要革命。我呢——大成哥你当然知道：嗨，我向铁皮向来是顶革命的。那时候还有许多同志都说我这样那样，说我从前是……”

向铁皮没干过一个什么行业：只偷过别人的钱，抢过别人的东西。以后他收了一班徒弟——给人雇着打架。他还开过赌摊。

“那不要紧，”来大成吞下嘴里的东西。“从前做错了事那不要紧，只要现在……”

“对，对！”向连长使劲拍一下桌子。“嗳，对！大成哥你顶知道我。……干一杯罢。干一杯……嗨，你……不过……不过……嗯，没有枪杆子可不行，我就……”

他捞到一些枪：连买带抢地得了六十支。于是他弄到了一个连长名义。他路子很好：团长陈三杆子是他的把弟兄。

可是——

“可是现在到处都是反革命，”向铁皮拿筷子用力地在那鸡碗里一戳，溅出了点儿油汤。“哼，臭瘟蛋！——杨财神他们又得了势！……我呢——嗯，看罢：等到有两百支枪的时候我就干一下——革他鸡巴蛋的命！”

来大成瞅他一眼：

“在这里随便说话不要紧么？”

“哼，管它！……我怕什么：要革命还怕么！……我不怕别人说我是流氓地痞：我啊——嗨，大成哥你是……”

“那句话是不错的：流氓地痞是革命的急先锋。……这是……这是我们办农民协会的时候……”

勤务兵端着一盆洗脸水到卧房里去，步子轻轻的，似乎怕他们连长发脾气。

黄特务长专心在吃饭。有时候瞧到了向连长脸上，就仿佛有亮东西刺着他的眼睛似的，眼皮在颤着动着。

那位连长全身是劲：打架似地嚷着，拿那只粗手拍桌子，唾沫星溅到了菜碗里。他骂着杨国斌没听他的命令，没护送大成哥来。接着他说到杨国斌是杨财神族上的。

“哼，他们族上没有一个好人。……杨国斌！——混蛋！臭瘟蛋！我一定枪毙他！”

訇——灯光又一跳。

于是一把抓住来大成的膀子：叫他干一杯酒。

“干一杯，大成哥！你是我——你是我——我的知己，我们——噢，是不是。……我一辈子只有一桩事：我要革命。大成哥，”抓着大成哥膀子的那只手移了下来，紧紧地按在大成哥手背上，“你……你……我向铁皮是你的忠实同志，我听从你：你命令我去干——我去拼命！……哪，你是这个，”伸起个大拇指，“哪，你是我们的龙头大哥。来，干一杯！”

那个感动地瞧着他，温和地微笑着，把一杯白酒灌下了肚子。

一直到吃完了饭，向连长才安静下来。他安排着动身的事：打算一脚到柳镇去过夜，一天亮就上汽车站。来大成没行李，到了省城还得给办一点东西。

本来要叫黄特务长护送的。现在可改了主意。

“我亲自送!”

“方便么?”来大成嘘了一口气。

“不要紧。叫别人送我不放心。……大成哥，我给你保镖。从前我给你保镖，现在我还是给你保镖。”

“你跑得开么：你不是说师部要来点验……”

“不要紧不要紧。……嗳，我这心全放在你身上，要是大成哥……”

来大成忽然一把抓住向铁皮的手，往院子里拖。

“我有一句话跟你说。”

黑地里两双眼在闪亮——对面对钉着。两个人靠得很近，衬在白粉墙前面，给勾下一个模糊的轮廓，像是个大怪物。

“你要时时刻刻留神，”来大成的嘴贴在向铁皮的耳朵边，“能够动就动：这是大家事。我总还是要回来的。……”

“唔，唔，那个——噢，我知道。……你是龙头大哥，我听你的话。”

“不要那样说。你跟我都没有念过书，懂的事情太少，总要……”

“大成哥你听我说，你听我说，”那个压着嗓子。“我不瞒你大成哥说，我一天不革命就不舒服的，唵。……总要干起来，要要要——噢，是不是。现在我只有六十支枪，我去……我去……”

“陈三杆子怎么样？”

向连长打了个膈儿：

“陈三杆子——行！他是我向铁皮的把弟兄：嗨，我叫他革命他就革命，包你没有错。这桩事我想过的。将来……”

“这里风头一过去，我还是要回来，我们……”

“将来——吓，这天下就是你跟我的！”——拍拍对方的胸脯，又拍拍自己的胸脯。

来大成还想跟他说什么，那个可什么大事都已经商量好了似的，一个劲儿催他动身。

“再迟——赶到柳镇不方便：我们走罢。”

什么都已经预备好了。于是向连长拿一支勃郎宁连着皮套挂在袴带和来大成上了轿。

来大成的轿子走在前面，向连长的轿子在他后面尺把远。他们还带了六个兵，插着驳壳枪：两个走在顶前面打着两大灯笼——上面有个朱红的“向”字。

天上浮着云，成了灰黑色。有破洞的地方现出一两颗星。

路两旁的稻田发出一种香不像香，臭不像臭的味儿。

灯笼耀着在眼面前，远一点的东西就瞧不见。可是他们走得很熟：闭着眼也能够跑。这条路像条蛇似的，扭着身子往东迤：偏北一湾，就得上白云岭——翻过山头就瞧见了柳镇。一直走就到了药王庙——在个山谷里：路平坦点儿，可是到柳镇得绕个大湾，要多走七八里路。

轿子没往偏北的那条路上湾。

“老向，”来大成叫，“我们不上岭么?”

“唵。岭上不好走。”

“那……那……”

“怎么?”

“那不是走杨财神那里过么?”

“嗳，大成哥你真是！我给你保镖：怕什么！吓，我们拢总有七杆枪哩。”

听得见轿夫们和那六个兵在喘着气，脚下响着紧张的步子。轿子一会儿斜上去，一会儿斜下来，于是又一直往上斜。路比先前的陡，轿子也比先前慢——一荡一荡的。

药王庙在这条山路顶高的地方。庙门口那茶亭里站着两个人在瞧着这边。轿子一走近，那两个人就像兔子遇见了猎人似的，往那边跑了下去。

“嗨，歇歇罢，”向铁皮大声说。“我要弄点茶水喝。”

可是这茶亭里没有茶。庙门也关着。

兵士们拿军帽什么的在手里扇着，一脸的汗在冒着热气。

“没有茶。”

“敲庙门，”那位连长绷着脸。

这庙像是没有人的。他们使劲敲着，里面可没谁答应。

“他妈的！”

向铁皮似乎一定要喝点水才活得了：他不叫走，那双细眼巴巴地瞧着庙门。

他们又敲。有一个拣了块大石头打着，黑门板发出笨重的叫声——叫一下，那上面就多了一个灰黄色的斑点。他们打得更急，门板就成了麻子。

还是没人答应。

灯笼里的烛光在哆索，照到的亮地方一闪一闪的。

谁也没开口：仿佛在这么个世界里——无论谈什么都不相称。二十几只眼睛都钉着庙门。

忽然——眼睛感觉到什么地方有光亮在动着。

把眼睛追到了那发亮的一处，来大成就全身一震，急促地叫：

“老向，看见么?!”

“什么!”那个也吃了一惊。

“看!”

前面有七八个火把在幌着。

“这恐怕是杨财神他们的……”来大成压紧着嗓子。“我们打回头罢，打回头……我们打回头过岭，你觉得……”

“那躭误时候……”

闭了会儿嘴，向连长把牙齿紧紧咬着：

“不要紧！……我们冲过去！……”

他抽出那支勃朗宁：“擦达！”一声响——子弹进了槽。

“走！”——沉着的叫声。“你们大家准备，唵！没有我的命令谁也不许乱动！……”

“老向老向，你的轿子打头罢，我看是……”

“那我不放心。……要是我冲出了你冲不出呢？”

轿子下那条斜坡，荡得更厉害起来。脚步急响着，像恐吓别人似的。

火把越幌越近！

火把下面动着二十来张脸子——给映得成了橘红色。他们的服装也模模糊糊瞧得出：一大半是民团里的。他们手里擎着步枪，手枪。……

来大成压着嗓子叫的：

“冲过去，冲过去！快走！”

“放下来！”

轿夫刚把身子蹲下去——一个大个子就跳到了来大成跟前：手用力地一指：

“就是他！——捆起来！”就是他！——向铁皮！——那大个子！

向铁皮右手还抓住那支勃朗宁，左手指着来大成。

那二十来个人——杨国斌也在里面。

十几只手搭住来大成。

“怎么……”

来大成嘴唇动了一动，猛地把身子挣脱开了那十几只手，就直往向铁皮那儿扑。

那个来不及防备，来大成可一把抓住了他的右手：抢枪。

两个人滚到了地下。

拍！——可是没打着人。

许多手抓住了来大成。

“绳……绳子！”

可是来大成一翻身，趁势翘起右腿——在一个人的小肚上没命地踢了一脚。

“抓他腿子，抓他腿子！”

这回来大成可给按得紧紧的，挣扎不起来。他们用绳子把他捆做个大花结。

“他妈的这家伙倒有点蛮劲。”

给踢了小肚子的团丁躺在地下，嘴里哼着骂着——操来大成十八代祖宗。别人给他报仇：一拳捶在来大成脸上——鼻血直冒。有几个对来大成吐口腻腻的唾沫，缓缓地沿他腮巴子流到脖子里。

向铁皮喘着气：

“吓，在药王庙门口他就想逃。哼，我马上——我一面哄他一面拔出手抢来，叫他……”

“吓!”杨国斌用手抹抹额头上的汗。

“让这家伙晓得晓得利害。”——劈！一个嘴巴。

来大成不能动。

这么乱了不过刻把钟，杨财神亲自迎了出来。

“向连长，辛苦辛苦，”杨财神抬起他那张长脸——下巴尖得像一头山羊。“向连长做事真老到，又快当，又……”

“嗬，三爷这么客气。我是……我是……这回全靠三爷的妙计，要不然的话——噢，是不是。”

杨财神四面瞧了一会，变戏法似地把手指动了几下，把尖下巴搁到了向连长肩上。

“那四十支枪已经齐了，请你……”

“湖北界牌有几支?”

“啧，湖北界牌不大容易到手：只买到七支。”

“七支?”

“啧，这本来是……本来是……”

他们走上了小石子路，杨国斌在后面跟着。杨财神伸出雪白的瘦手来在空中画着，嘴里又说着向连长做事老到，这是一桩有功德的事。

“为地方上除一大害，真是……”

向连长把袖子捞了一下：

“嗨，老实说：我倒并不是为了你那四十支枪。……要是你三爷没答应给我那四十支枪，像来大成这样的人我还是要抓他的。吓，他还劝我造反哩，他说……”

那个吐一下舌子：

“真了不起，真危险！”

“嗳，我可没那么傻。好容易有六十支枪，算是个连长，我把这扔过河么！……陈三杆子待我好，我往后总还有……还有……”

两个打火把的赶上来瞧着他们。大家闭住嘴走着。向连长想再往下说，可是别人不言语，他就提不起兴致似的。几个人的脚踏在小石子上沙沙地响。

进了杨府上的大门，杨财神才绕了许多湾子谈来大成他们那些胡闹。从前向铁皮也跟那姓来的打在一块，可是杨财神的话没搭到向铁皮身上去：总而言之来大成一给抓住，什么事也都平安了。

“要不然真危险……今天料不了明天。”向铁皮拍拍胸脯：

“不要紧：我给你保镖。……我跟你三爷——噢，是不是。你有话只管吩咐，我是……我是……唵，我们去看看那四十支枪罢。”

他们的步子加快了起来。

我的太太

提起我的太太么：这种人又逗人爱，又不逗人爱。

她是大前年——我们在江西剿匪的时候她跟上我的。那年我二十六，在陶连长那里当特务长。没事的时候就陪陶连长去打打茶围。我爱哼几句京戏，我学的是谭派。……

慢着。你别以为我这个太太是窑子里出来的：窑姐儿娶到家里来是祸根，我知道。别的事可以随随便便，娶媳妇可得认真。你别瞧我是老粗，我家上代可一点不含糊是念书做官的：我太公做过一任知府，我爷爷在京城里当都老爷。这么个家世，我总得寻上个规规矩矩的正派人，才辱没不了我们家声，是不是。老易说我拿这么二三十块钱一个月，不如捞个女工什么的：我听着冒火，要不是陶连长劝开了，我准得揍他一家伙。老易太瞧不起人。还有人给我说媒：一个乡下娘们儿。我可啐了那媒人一脸唾沫：那么个没点知识的能做我太太么！

我官儿不大，钱儿少，摩他妈登的女孩子我养不活，我也不希罕。我啊，我只要个真正的小姐。这么着就捱到了二十五六还没有娶亲。我瞧得上的倒不算少，只是有一件事顶糟糕：别人瞧不上我。

嗯，就是那年春天，可有了落子。

说是有位伍百顷，家里给匪闹完了，带着女儿逃了出来。爷儿俩挨着饿，只急着要把女儿给了个好好的小伙子——养得活媳妇的就行。伍小姐只有十八岁，说了亲的，可是那男家也给匪闹得没了下落。

瞧了瞧女的：瘦个子，瓜子脸，眼睛长长的。只是鼻子大了点儿，鼻孔往外翻：那不妨事。女家也瞧了瞧我。你知道那时候我可比现在漂亮。就是脖子上这个疤也是去年才有的。这么着就成了功。

结婚。件件都称心，只是有一桩事不大那个：你知道我是新派人，我主张文明结婚，得请我们营长当证婚人。可是我丈人怎么也不赞成。这么着就把新娘装到轿子里抬来，脑袋上盖着一块红布，像一颗大红辣椒似的。那晚上等客人一散完，我就去逗她说几句。可是不知道该怎么开口。

“喂。”

她紧紧地闭着嘴不理这个岔。

“太太……”

她脸发红。

“静姝……”

她脸发青。接着——忽然她哭了起来。往外翻着的鼻孔一掀一掀的，流出两条鼻涕——像柚子似的颜色。

怎么，我得罪了她么？嗯，到后来才知道她不许别人喊她名字。成亲的第七天还为了这件事顶了嘴。她一听见我喊她，她脸就发紫：

“为什么叫人家的名字！”

“怎么，名字不能叫么？”

也许那时候我装着的脸色不怎么逗人爱，她瞧了我一会，猛地抽咽起来：

“我……我……连爹爹也不喊我名字。……”

“喊你名字没什么了不起吧！”

“我又不是丫头，我又不是……我又不是……不是猫，不是狗，我又……我又不是听差，不是听差，你竟……你喊我名字！……好好的人家……”

不喊名字就不喊名字：我喊她“喂”。

我和喂过得挺舒服。我当老爷。喂当太太。连部里有个勤务兵伺候着我们：洗衣，煮饭，倒马桶，什么都有他。吃饭的时候他可得回连部去，不然喂就要关切地说：

“卜得胜，快回去吃饭罢，迟了你又要去上饭馆：你这几个饷钱还不够上饭馆哩。窗子等你吃了饭再来抹罢。”

喂没什么不称心的。只是有时候她想到她从前过的那些个日子，想到跑到汉口去找饭吃的老子，她就得淌眼泪。

这么着过了一个多月，陶连长到军政部干事去了，我这准尉特务长也完了蛋。我们也到了南京：陶连长就给我介绍了现在这个差使：文书上士。

“你现在是什么官?”喂眼瞧着地下问我。

“什么官?唔，呃，啊哼。今天吃什么菜?”

现在可没从前舒服。住着四块二毛的房子。我腰上只有一条横皮带。没勤务兵。桌子是歪歪倒倒的。墙壁掉了许多粉，像烂疮疤。我们这公馆里空空洞洞的，只有靠床的墙上挂着一张大英牌的美女月份牌，靠门的墙上不知谁画了一只大忘八。我们这公馆里什么事都得太太亲自动手。我这当老爷的一回公馆就得吃。

“喂，饭得了没?”

她什么也不言语，把饭罐子端了上来。我把盖子一揭——

“怎么啦，这……这这……”

吓，你瞧瞧那个饭罢。靠边的成了炭末，焦味儿直往鼻子里冲。中间的呢——是一颗颗的米。

我瞧着喂。喂瞧着我。我可撑不住气：

“瞧着我干么!你瞧瞧你那锅饭罢!”

糟糕：她鼻孔又一掀一掀的了。可不是，她肩膀只那么一抽，两只手掩着脸就哭了起来。

“我从来……我从来……”

“吓，你还受了委屈么，瞧瞧你这劲儿!”

“我……我……”

我瞧着她。她那双枯黄的瘦手老趴在脸上：她的确比从前瘦得多。你别瞧我老粗，细心眼我有的是。我就走了过去，一只手抚着她的脑顶。我软着嗓子跟她说话，我脸可对着桌子那边，因为她脑顶上那股油味儿有点那个——她是没剪头发的。

“别哭啦，别哭啦。全是我的不是。行不行？”

“我一生一世……我从前……我一生一世没煮过饭，我向来……我向来……”

“我赔个不是。喂，喂！”我手搭在她肩上。

“不要这样！给人家看见了像什么样子！”

我走开。

忽然她挺直了身子。手在鼻子上那么一撮，一条黄色的鼻涕在手指上挂着——像皮带似的扭了几扭，百儿一声就给摔到了墙上。

那罐饭在冒热气。

她独自个儿嘟哝着：她说她从前在家里什么都不用动手，要吃什么就有丫头老妈子做着伺候她，可是——可是——

“如今要自己煮饭。人家还嫌我煮得……煮得……”

按说呢，这只怪我们的命：没个勤务兵伺候，叫当太太的掌锅。可是别忙；那牛半仙给我看了看相，说我过了立秋得交好运哩。等着瞧罢。

可是立秋之后我还是上士。太太还是得自个儿煮饭烧菜，洗衣裳，倒马桶。喂更瘦了点儿，怪可怜的。可是我也——嗳，真是！肚子里总有点鸟气似的，回家总得使性子。

“喂，今天吃什么菜？”

“藕。”

“藕，藕！妈的，又是藕！”

“你前天说藕好吃……”

“好吃！你就……你就……”

请你告诉我：发明把藕做菜吃的是谁，我得跟他拼个你死我活！

接着喂又是那么一套：又是抽咽，又是嘟哝，又是黄色鼻涕扭呀扭的往墙上一摔——百儿！

“我从前……我从前……”

又是从前！

“从前，从前！我操你奶奶！我是穷光蛋，你……你你……”

喂可大哭起来。

“你骂……你骂……我向来……向来……爹爹都没骂过我，你倒……你倒……”

她哭得一抽一抽的：那哭声仿佛是个球——打楼梯上滚下来似的。它跳一下，我耳朵里就给戳了一针似地疼一下。

我叹了口气。

“喂，别哭啦：行不行?”

“向来都是……向来都是……我……我我……你叫我……你叫我……我买什么菜好呢?……我出了门……我出了门……”

喂哭得喘不过气来，嗓子里老是“咕，咕，咕!”那双长眼睛成了两道线，眼泡红着肿着。

“真是!……喂，行行好，别哭了罢。”

其实我没亏待喂，凭天良说。有时候得使使性子可也不能怪我，是不是。娶个媳妇干么的：叫她当太太，叫她那是——把老爷弄得舒舒服服的。不论怎么说，我每月拿的钱儿是只有二十块，可是我总是她的老爷呀。她可——嗯，只是哭。她老想着她从前：她一点不含糊是位小姐。要什么有什么。她早晨醒了，只要那么哼一声，丫头就得把一碗冰糖燕窝往她嘴边送。不过嚼总得自个儿嚼，要别人按着下巴嚼怕轧坏了牙，是不是。

现在她可真的吃了苦。可是这能怪我么?

多喈我才走好运啊，妈的?

她常跟我说她从前的事，说呀说的就哭了起来。

“喂，你嫌我穷，是不是?”

那个不言语，只哭得更那个。

嫌我穷么，她可不，我知道。要不是我娶了她——她还得挨饿哩。她只说她命不好。我呢也是命不好。我要是能挂挂三角皮带，有个勤务兵在家里伺候，那喂就成了顶好的太太。

可是一直到过年我还是个文书上士。

喂一天天瘦了下去：颧骨突了出来，怎么也不像个瓜子脸。脸蛋一小，鼻子就显得更大。臂膀像柴棒似的。我说：

“喂，放快活点儿罢。”

她不言语。

“喂，咱们快快活活过个年罢。”

她不言语。

我抓着她的手，她可把手抽了开去：

“像个什么样子！”

“喂，喂。……咱们宰个鸡过年好不好。”

准得热热闹闹过个年。我拿着两块五毛钱犒赏，就去买一只鸡，称了一斤肉。我们忙了一个早晨。喂不会宰鸡，我宰了，叫喂快去烫。

“喂，快点儿。”

她像怕那只鸡听见似的偷偷地走过来。手摸摸它，陡地又缩了回去。

“还没有死哩。”

“不碍事。”

“我怕。”她怕它咬她。

我把来烫着，去了毛，剖了肚子：反正我包办。我只叫喂给洗洗肠子什么。可是鸡胆给弄破了。在吃饭的时候我把鸡肉尝了一尝，吓，吃黄连似的！尽啃尽啃啃不动，牙缝里全嵌着一丝丝的东西。

我说……

我没说什么。我准备着好好儿过年。我瞧瞧那碗鸡，瞧瞧喂。我装作挺舒服似地坐下来——那凳子就咕的一声叫，差点儿没把我摔一交。可是我没那回事似的。过年总得快活点儿。鸡不能吃，我就吃萝卜烧肉。我还得痛痛快快喝一回酒，叫喂也喝点儿。

“喂，别忙了罢：咱们喝三杯。”

她仿佛没听见。她把碗柜里的饭碗拿出来，顺手拖一块水渌渌的抹布把碗抹了一下。她眼睛红着，老钉着她自己那双手，怎么也不瞧我一眼。她那双手有什么好瞧的！——肿着，紫着，裂着，指甲没剪，黑得煤球儿似的。

我瞧着她。我把屁股坐正点儿，凳子又咕的一声。我还是当作不知道。

“喂，喝酒罢。”

可是喂又去瞧瞧她那罐饭。我还是撑住劲儿，笑着：“喂，来喝呀。”

喂呢——喂摇摇脑袋。

忽然我屁股下面那凳子又咕的一叫。这回我可动了火：

“操你奶奶，这凳子！”

太太瞅了我一眼。

放心：我只是跟那凳子闹别扭。跟我太太呢总别使性子了，她哭起来那么伤心，我总得那个点儿。我还是等着她，我不一个人先喝。我瞧瞧她，又瞧瞧酒——它在漱口杯里直冒着热气。

“你总得喝点儿，喂，喂。”

“我不吃酒末。”

嗯，她不喝！我一把端起那漱口杯——来得猛了点儿，酒往外泼了些。我呷了一大口，把鼻子都沾上了黄汤。

我嘘了口气。

“不喝酒就吃饭罢。……这萝卜挺不错，没苦味儿，只是……只是……”

想说萝卜有点那个：中间太硬。可是没说。

喂打饭罐那儿走到床边，坐到了床上。眼睛钉着帐顶，像在数臭虫。

我吃了一大块瘦肉：味儿还不坏，不过嚼得挺费劲。嚼得腮巴有点发酸，只好妈妈糊糊把它吞了下去，喉管里就很响的一声——“嘎”！

叫我一个人吃么？

“喂，干么不来吃？”

她像吃了一惊似的，猛地瞅了我一下。

“等一等，”她小声说。

“干么得等一等?”

喂把脸子又抬了上去，又一个劲儿数她的臭虫。嘴里说:

“你吃你的酒罢。”

瞧瞧！这又不逗人爱了。

我把漱口杯一放，往床边走去。我把嗓子拼命放低，像安慰小把戏似地:

“怎么，又不乐意了么? 今儿是过年哪：咱们快快活活过年不好么? ……去吃饭罢，嗨。吃饭吃饭。”

“我不吃，我不吃，我不……”

突然——她往床上一倒，就趴在那床破褥子上哭起来。

这简直是个所谓——晴天霹雳!

“喂喂喂喂喂喂喂！怎么啦，你!”

她那对肩膀没命地抽着，嗓子里咕咕咕地叫着，鼻孔也唏里呼呶的。要是她那黄鼻涕沾上了褥子可怎么办呢? 你知道的：我这种新派人顶怕的是不卫生。

好好儿的哭什么!

“老是哭！老是……”

“我……我……这样的日子我过不来，我……我……我没有过过……我宁可死！……”

“怎么，我又冒犯了你么，我今儿什么也没说。”

“我不是说你，我不是……”

她起了身，手在鼻子上那么一撮，把橡皮带似的鼻涕往墙上一摔：百儿！接着她又趴在褥子上哭着。

怎么办，怎么办！我没一点主意。我四面瞧瞧：一眼就碰着靠门的墙上那只大忘八。把眼睛移开，又钉着那扇黄灰色的小玻璃窗。窗跟前那张油腻腻的歪桌子，那些菜呀酒的都在那上面懒懒地冒着热气：那就是嚼得怪费劲的萝卜烧肉！那就是怎么也咬不动的又苦又硬的鸡：我再把眼睛移开：靠床边挂着的美女月份牌，给房东的孩子画了两撇胡子在那美女嘴上。墙脚上满是些黄条条，像一些蜒蚰：那是我的那喂摔的鼻涕。

“喂，喂。”

“这样的日子，这样的……我过不来。我的命太苦，太苦，太……”

“那怎么办呢，咱们这么……”

“我宁可死，我宁可……我晓得你……你……我晓得你待我好，待我……”

“咱们快活快活不好么，干么要这么……”

她可哭得更厉害起来。

“我不能……我不能……你不晓得我……”

我简直喘不过气来，胸脯上像有什么压住似的。忽然鼻尖上一阵疼，我眼睛里迸出了一些水，怎么也挡不住。眼水淌到了脸上——热热的。

“喂，喂，你别……你别……”

这天她没吃饭，整天淌着眼泪。

我们就这么过了年。我们一直在这小屋里住下去，闻着霉味儿；太阳一压山就得把煤油灯点起来。我们在这儿过了节，又过了年。墙上那张生了胡子的美女月份牌一天天变成了黄色，像我那喂似的。喂还是得煮饭烧菜，可是她自个儿只吃那么一点点，整天还装不下一碗饭。她老是瘦下去，枯下去，晚上还得咳嗽。我怕她病了。我怕她死。

“干么不多吃点儿?”

“吃不下。”

她眼泪又挂了下来，黄鼻涕往墙上一摔。整天儿她哭着。她说她没怨我，只是埋怨她自个儿命苦。我也苦，可是我赌个咒：我不亏待她，不过有时候得使使性子。

往后怎么样?那我不知道。说我那年立了秋交好运，可是两个立秋也溜过去了。我们还是这么着：热天喂蚊子臭虫，冷天冷得睡不着觉，喂就咳着，哭着。什么话都也说过，我就再不言语，让她把黄鼻涕沾在枕头上。我只是想：

“她从前当小姐的时候可也有黄鼻涕么?——她往什么地方摔呢?”

凭天良说：我的太太可是个好太太。要是她快活点儿就更好了。

我的太太就这么着——又逗人爱，又不逗人爱。

直线系

“你晓得么，你晓得么，昨夜里……”

“真想不到伍四瞎子家也遭劫。这年岁，唉!”

“要小心哩，嗨。不是玩的。”

绷紧着嗓子谈着。绷紧着脸往四面瞧一瞧，看有谁听去没有。

给听了去可不是玩的。鬼怕山上那伙土匪不容易对付，连伍四瞎子家都给洗了一回。

“这样的：他娘的伍四瞎子上城里去，上城里……他娘的那伙……”

那尖脑袋的小伙子抢着报告，压小着声音，张大着眼睛。这家伙什么也知道，仿佛他都亲眼瞧见，说得一板一眼的：他娘的那伙土匪打进伍四家，伍四娘子着了慌。抢走了的不多不少是——他娘的两块龙洋带一吊来钱。伍四娘子打锣喊地方，就给打了一闷棍。

“他娘的那些大户人家上省的上省，进城的进城，就连他娘的伍四瞎子家也……”

“余三爷他们也走了，昨早走的，我跟高大叔看见那些轿子……”

高大叔点点脑袋，那张瘪嘴动了几动。

那小伙子把尖脑袋一伸，嘻皮笑脸起来：

“高大叔，你们敬太爷会不会逃？”

“逃卵！”

大家打着哈哈，瞧瞧高大叔，又瞧瞧那小伙子。那小伙子把全身都活动着，率性把他那得意之作完了功：

“高大叔，你们敬太爷的大相公在下江带粮子，带他娘的来打一家伙呀。你们二相公也有一手。……有土匪不是玩意账，他娘的那伙……你叫你们太太留一下神：她跟你三相公那个五百里的菜园，那个五百里的……”

谁也没笑。

那小伙子没了劲儿。他把大家的脸瞧了一会，改个口气下台：

“高大叔，真的，说句正经话：余三爷一走，你们敬太爷总好些，他娘的那所屋子……”

“好个卵！”

“唉，人真是！早的镇台老太爷在的时候，哪个不怕敬太爷。如今他……”

可是高大叔已经走了开去，脚下拖着一条瘦长的影子。

要是在年青的时候——高大叔可得捶那小伙子一家伙。他知道往日敬太爷太那个：得罪了地方上。可是高大叔就有那么个脾气：他不容别人说他主子一句闲话。

现在可——

他叹了一口气，两眼钉住自己那双脚。那双脚直发软，连那干得咸鱼似的身躯都不大载得。住左手提着那半升米也有点发酸，就把这交给了右手。

又叹第二口气：他一想到主子家的事总得不舒服。他自己近几年来已不把敬太爷当作回事。可是别人一瞧不起敬太爷，他老觉得这就是瞧不起他高大。他想走：没处走要。是给别人去帮工的的话——

“那是卵谈，”他自己也很明白。

他娘的这年岁——打得老虫死的年青伙子也找不到工。你，哼！

敬太爷那里不说别的，住总有地方住。

这么着他就回到了他的住处。

挺小心地轻轻推开房门，那扇门可偏偏要大惊小怪地叫：“呀唵！”

跟着上房里也叫了起来。

“高大，高大。”

高大没答。他只一个劲儿跨进房门，把那包米放在地下，拿稻草来盖着。喘着气爬起来，又不放心地回头瞧瞧。

看可是看不出，不过盖着米的那把稻草有一点儿隆起。

“高大，”上房里又叫，“高大，高大。”

“就来了，太爷。”

他把隆起的稻草捺平一下。这么瞧瞧，那么瞧瞧，嘟哝了几句，才往上房走去。

敬太爷右手撑在桌子上，在跟新六谈什么。一瞧见高大进了门，他那张对着新六的笑脸只一转，马上就一脸官派，比变把戏的手脚还快。

“高大，唔，余三爷上省去了么，嗯？”

“咦，我不是昨天就告诉了么。”

“哼，看你这……嗯，唔，好，走罢……没你的事。”

摆摆手。

“真卵谈，”高大动一动瘪嘴走出来，掉转脑袋向新六笑一下。

敬太爷也向新六笑一下：

“怎样呢，唔？”

那个眉心里打着结：

“唉，难。……不怕敬太爷笑话，如今大家跑反还来不及，收的那些荒货简直没人要。要不是看敬太爷面子，这桌子我还……”

瞧瞧那张桌子，摇摇脑袋：

“这张桌子的话——我买去是一定卖不出的。我是看敬太爷的面子。敬太爷的景况我是……唉，如今……难。难。我算是……敬太爷自然明白，我算是……三分卖买七分人情。……”

敬太爷笑得格外卖力气：打鼻子边到嘴边，一边画了四五道弧线，就把嘴尽量地拉了开来，露出了口里的东西：老鼠屎似的黑牙若干粒，失色的牙床肉一片，涂满黄苔的舌子一条。

“我晓得，我晓得，”他说。“然而，唔，然而——这货色并不差，这个的话，唔，我要你一吊五百钱不算多。……”

不行，新六笑了一声，摇了两下脑袋。

“再多不能出，只有这个，”伸着食指和中指动了几动。

“这个……呃，唔，这个的话……”

敬太爷笑得挺吃力。那四五道弧线有点撑不住劲儿：一放松——嘴就缩小了些。

卖买做不成：新六那家伙只肯出到两百个钱，并且——

“并且这两百钱也还是面子账。”

“一吊五，我算很客气呢，那个的话。”

“唉，你老人家要想想我的难处呀，我的太爷。我这是一注人情……”

他俩又把说过的话反复了二十来遍。

敬太爷的腮巴子发胀，只好把笑口收住。他有点硬劲：两百钱怎么也不肯卖，咬定了叫新六出一吊五。可是新六不希罕这张破桌子。

“你老人家就喊别的荒货贩子估估看罢，我也不耽误敬太爷的工夫。少陪。”

那家伙一走，敬太爷额头上的青筋都突了出来。

“野种子崽！娘卖×的！如今他们……”

他可逼不住这口气。要是在当年——

“捆起你来！你买不买，要买就依你爷爷的价钱!”

不过当年从没喊荒货贩子来估过家具价钱。现在不知道怎么一来，什么都到了别人手里。屋子里空得像一片荒场，只有那张桌子愁眉苦脸地靠着墙，一张破板凳偎着它。

敬太爷一屁股坐到那张板凳上，两手托着脸。

角落里一些老鼠跑着，找不着一点吃的，就吱吱吱地叫。地下放着几摊稻草，它们在这里面来来去去的窜着。

外面院子里一些麻雀在吵着。

敬太爷觉得板凳硬硬的直顶着屁股上的骨头，他叹口气站了起来。眼睛一阵花，他用手扶着墙走到一摊稻草跟前，一爬倒就躺了上去。那些老鼠就射箭似地逃了。

他懊悔他做错了一件事。那张桌子该卖给新六的，到底有二百钱。

“唔，到底有二百，那个的话。”

闭上了眼，他觉得地在一荡一荡的，就又张开。

天花板上那蛛丝像结彩似地挂着黑灰。

他听见外面房门“呀唵”一声，他就拼着全身力气叫起来：

“高大，高大。”

好一会高大才出现到房门口。

“高大，你吃了没有，唔？”

“卵！”

敬太爷抬起上身来，用肘撑在稻草上，轻轻皱着眉，带九成鼻音问：

“呃，唔，你到华胜那里去没借到米么，嗯？”

“卵！”

老是卵！敬太爷可忍不住叫了起来：

“混账家伙！……张开眼睛看看，看你是跟哪个回话！——开口卵，闭口卵！什么名堂，连上下都没有！”

高大楞了会儿，叹一口长气。接着忽然把肚子挺了起来。眼睛斜瞟到他主子的脸上。

“还讲什么卵。从前老太爷在的时候，那个时候公馆里……一年也收到千把来担租，庄子里……如今是什么样子，唉。太爷，你老人家自己心里也得明白些。……”

这老家伙总是这么一套。他老是想到老太爷手里的事，可是家里给这位敬太爷糟得精光。药材铺跟布店倒掉，赔上了那千多担谷的田。屋子卖给了余三爷，还赖着住上三年多；这不算，还把两三进房子的瓦偷卖掉一半。这么一位太岁，还谈卵！

欠着高大的那三百吊钱当然更不用提起，还恨不得高大贴他点米哩。

“我眼看着老太爷撑起来的家务都……”

看看，这是不是奴才对主子的口气！

敬太爷咬着灰白的嘴唇：他打算发脾气——叫这老奴才知道点分寸。他撑在稻草上的那条膀子哆索起来。

可是忽然——他全身都松了劲。

唔，呃，高大今天一定在华胜那里捞着了一点货，不然的话，这老家伙没这么轻松。

“那个的话”敬太爷咬着牙忍住他的脾气，忍得连声音都打了颤。“那个的话，我是……然而，唔，然而你是忠心的，唔，你是……”

高大把嘴动了几动。

敬太爷没听见，可是也没问：要是问出了一句不好听的话，他到底还是发脾气还是不发呢。可是他一个劲儿想往下说……

他倒底没说。他肚子上一阵痒，就隔着灰色大布褂子搔着。

一转脸可不见了高大。

“高大，来呀！不叫你走你就走，混……混……”

“有话就吩咐罢，我的太爷！”

“你……你……”敬太爷想陪着笑，可又怕失了身份：一下子打不定主意，嘴角就抽痉似地一扯一扯的。

外面麻雀吵得非常讨厌：叫一声，就像在耳朵里刺一下。

敬太爷皱一皱眉。鼻子上有几颗汗点。肚子上痒得带刺激性，接着连腰上连胸脯上也痒了起来：这当然是有些东西在捣鬼。

“娘卖×的真讨厌！”

坐起来解扣子，可是又把他扣上：高大正站在跟前哩。要是一解开，吓，长衫里面没穿短褂子，给高大瞧着可不那个。

敬太爷那张黄灰色的脸发了红，没命地搔着：黑油油的长指甲在破长衫上刮得喳喳地响。他喘着气：

“你在华胜那里一点也没……一点点也没……”

“咦，我不是早就告诉了么。”

他娘的，这家伙说不通。

可是总得开导开导他。

“不要这样，不要这样，”敬太爷鼻子有点发酸，声音也发嗄。“高大你是忠心的，你该做个义仆，你是……唔，那个的话，那出《一捧雪》，那个……你想想，那个的话，那个莫……莫……莫他，唉，他还替主人家死……”

高大瞧着敬太爷那张皮包骨头的脸——嘴呀鼻子的全皱成了一堆。眼珠子黑白也分不明白。头发寸多长，两鬓搭在耳朵上，像是一排屋檐。

这位主子正饿得慌。

可是高大不打算当那个什么义仆。《一捧雪》里那姓莫的那一手倒还容易，他高大可难：要是吃得饱饱的话，不吹牛，他也宁愿替主人家死哩。现在……

现在他只叹了口气。他想说出道理来，可是一上嘴就把这意思滑跑了。

敬太爷还在搔着，说着，身子抽动着。

“借点吃的来罢，那个的话。唔，你是……你是……”

“借卵！如今这年岁……你老人家自己去借借看，你老人家自己……”

躺在稻草上的人跳了起来。

“我自己……我自己……我我我！你叫我自己去讨米么！什么话！你简直！你简直……”

房里又只剩下他一个人。他刚才跟高大说的那些个好话全是白说的——捞不回本来。

“来，来，高大！问你的话！”

“问罢，”高大只在院子里停了步。

“混账家伙！……你你……你看见太太跟三相公没有？”

“看见个卵，”一面脚步响了开去。

敬太爷连气都透不过来。什么都逼住了他。那麻雀的叫，肚子上的痒，高大嘴里的“卵”：都像是一个一个锤子似的往他身上捣，又仿佛是打成一个铁桶箍着他。

猛地跳了起来，把那张板凳一家伙摔到门边。手抓着拳，口里发狂似的嚷着——连假嗓子都喊炸了：

“娘卖×的！杂种！混账家伙！混……”

胸脯上又一阵痒——有个尖东西刺着似的，一直穿过肋子骨，痒到了肺里。

敬太爷打了个寒噤，发气地一阵乱搔，恨不得把自己胸脯上的肉撕个粉碎。

忽然——吱！

“娘卖×的！”

衣襟上那块大补钉给搔破了：他的确搔得太过火了一点儿。

这破洞里瞧得见他的肋骨：一道道很深的槽。黄灰色的肉上画着许多粉红的线：横的，直的，斜的。还有几点大红色的点子。

“混账家伙！野种子崽！娘卖……娘卖……”

他全身发软，喘得肋骨都几乎要折断。腿子哆索得发疟子似的，有点支不住他那上身。

摇摇地退了两步，一爬下来，又倒在草上去躺着。

给搔过的皮肉在辣辣地发痛。肚子里像化着锡水似的在荡着。

反正什么都跟他不下去：他的高大，他的肚子，他的太太跟他那三位相公。他一个人就在这世界上，没有一点吃的，没有一个跟他相亲的。

鼻尖子仿佛给什么刺了一下，他眼睛模糊起来。

“我是个孤老，那个的话。”

大相公出去了八年，听说在吃粮，可是从没个音信。二相公饿得没点儿骨气，在外面手脚不干净，就给撵了出去，三年没消息。

三相公跟着娘去讨点米，检点菜叶，掘些萝卜。以前还分点给敬太爷吃，现在可那个起来。

“你要吃你自己去找，”他们说。

“什么！什么！你们叫我……这是什么话，这是什么话！你们叫我去丢身份，去……去去去……”

“那听你，要叫我们两娘崽去讨了现成的给你吃——那，哼，那没有。”

这么着他们娘儿俩一早就出去，傍晚才回来：撇下他敬太爷不管。

他敬太爷可没有对不起他们的地方。

他把眼睛一闭，眼角上就给挤出一颗一颗的水。

什么事都像是个梦。从前谁也得巴结他敬太爷，从前……

呃，从前未免太远了点儿：那是在前一辈子的事。他只要想起前几天那些好日子，他肚子里就得有种酸不像酸，甜不像甜的回味。前几天他太太跟他三相公还待他那么好——讨来的东西总得分给他点儿吃的，他不像现在这么挨得难受。

可是这也是前一辈子的事了。……

他眼角上流出一线水淌到耳朵边。接着就泉水似的，依着原来的一条湿线流下来，渐渐加宽，渐渐加宽，一些水就卷到眼角的皱纹里，成了一道小河。

这日子真不是个日子，那个的话……

外面那房门又“呀唵”一声。

院子里那些麻雀嘟的一声飞了。

响着高大的脚步：越响越远。

敬太爷轻轻张开了眼睛，把脑袋稍为抬起点儿听了好一会。他试着爬起来。身子摇了几摇又要倒下去，他赶紧用手扶着墙。可是腿子还退了两三步，手就在墙上画了一条弧，后腰撞在桌沿上：桌子往后移了尺把远。

他定一定神，喘了一会儿气，才跌跌倒倒地走了出去。

院子里铺的石板一块也没有了，上几个月卖掉的。高高低低的泥地上只缀满了雀子屎。

敬太爷偷偷地进了高大的房，就仔仔细细搜起来。他用心翻着稻草，一丝也不叫放过。

可是什么也没有。

可是地下有两粒米，两粒。

像吃谁打了一拳似的，敬太爷倒到了稻草上。他把他那口黑牙紧紧咬着磨着。

“混账家伙：娘卖……娘卖……他分明有……有有……他不给我，不给我……野种崽子；娘卖×的！他带走了，他他……”

对呀，他带走了。那高大，那娘卖什么的。

他躲到什么地方受用去了？不知道。

总而言之，高大回来的时候已经是傍晚，走起路来全身是劲：高大肚子里填满了东西。

不过那升米舍不得一次吃完，高大就又把剩下的放在地下用稻草盖着，一屁股坐在那上面，满不在乎地翻开短褂来捉虱子。

一到晚上就有点冷：一身鸡皮疙瘩。天气还得往下冷，单褂子可不大熬得住。

敬太爷也只有那么一件单长衫。

“这位太岁！”高大摇摇脑袋。

这位太岁两三天没点儿东西进肚子，一想到他那么副脸嘴，高大就心一软。可是——只要敬太爷不偷他东西吃，他高大给主子牺牲什么都可以。……

上房里播出了敬太爷的话声：也许跟太太在吵着什么。

高大叹口气，又摇摇头：

“还谈卵，这个时候！”

要不是看当年老太爷的面子，他高大可不睬敬太爷。哼，那位太岁还在他跟前摆官派哩。他总算对得起主子：吩咐他什么的他还应着。不然的话……

忽然上房里有了孩子哭起来。那是三相公。

高大躺了下来。过一会又坐起把那半包米拿来换个地方藏着，脑袋倒下去枕在那上面。

屋子里一阵阵地黑。一些蚊子有气没力地在嘤嘤嘤地叫。

那边——太太嗄声的喊：

“你敢！你敢！”

“我晓得，我我……”这是敬太爷。“我晓得你们两娘崽吃饱了，你们来欺侮我，欺侮……娘卖……娘卖……”

喘得气也接不上就没往下说。

“还吵个卵，唉，”高大翻了个身，把半包米摸了一下。

他觉得老太爷可怜：辛辛苦苦撑成那个场面，给敬太爷败得精光。房子归了余三爷，还赖着不搬走，还拆瓦出卖——还说“房子卖给他，瓦没卖给他。瓦是我的！”

把老太爷的脸都丢尽了。甚至余三爷宁愿出几个钱请他搬，他可一口咬定要二百花边。要不是现在余三爷逃上了省，余三爷得拉开面子下硬手哩，据说。

至于欠他高大的那三百吊钱，那更加提也不用提。

于是又摇摇脑袋，叹了口气。

上房里没像刚才那么吵了，只有敬太爷一个人在嘟哝着。

敬太爷努力在那个：想开导开导他太太。

“那个的话，你是……”敬太爷撑住全身的劲，可是嗓子还颤着。“然而，唔，然而——夫妻的情分，夫妻的……唔，糟糠之妻……糟糠……”

没回答。

敬太爷紧瞧太太的脸：在黑地里衬出个淡影子。面目当然看不明白，可是敬太爷觉得已经瞧见了她那黄色瘦脸在抽动，那双红眼在一霎一霎的。

三相公偎着她坐着，在抽着气抹着眼泪。

蚊子叫着飞着，有时候还钻到人鼻孔里去。

“真想不到，那个的话，”敬太爷闭着眼。“我有两三天没吃……没有一点……”

太太似乎嫌坐得不大舒服，把屁股移动了一下。下面的稻草就悉悉索索一阵响。

“你想怪哪个呢，哼。当初要是你……”

她又提这回事！

敬太爷咬咬嘴唇，拼命把他的声调变得温和些：

“然而这怎么能怪我呢，那个的话。……唔，店倒了，唔，打官司，赔田：呃，那个的话，这怎么能怪我呢。……”

太太鼻孔里“哼”了一声，又把屁股移动一下。

男的还一个劲儿往下说。他希望她做个贤妻，希望三相公做个孝子。

他肚子空得熬不住。他跟她做了三十年夫妻。她不能见死不救。他喘着气，结里结巴说着。他看得出她娘儿俩准捞到了一些米呀钱的，不过他没明白指出来。

“不要说是夫妻，就是路人也要……”

她不说话，只把靠在她身上睡着了的三相公扶着躺下去。跟着她也爬在稻草上睡：她爬得挺小心的，仿佛屁股上生了疮。

敬太爷爬起半个身子，两肘撑在草上。

“做做好事罢，做做好事罢，那个的话，分给我一点……我只要一点点，一点点……”

太太跟三相公紧紧地背贴着背睡着。

闭了会儿嘴，敬太爷又把这句话反复了五六遍。可是——

“我们也没有，”她说。

“一定有，一定有，我晓得的，那个的话……你们……你们……”

一定有。她很容易地一来，就讨得着米，讨得着钱：他知道的。

他脑袋低下去一会，又猛地抬了起来。他忽然想到一般男人们对女人肯大大方方的给钱给米，这不是好事情。他敬太爷从前是这么着：对那上了手的娘们儿，至少有了点意思的，他才肯掏荷包。

太太是女人。别人愿意布施她。为什么呢，为什么呢？

敬太爷觉得全身都爆炸了。

“一定有，一定！……我要搜！我要……”

他一翻身，屏住一口气往太太那儿爬。

女的跳起来坐着，马上又把屁股移动一下。她吓死人地叫：

“做什么做什么，你！……你你……”

三相公给吓醒了，大声地哭：

“姆妈！姆妈……”

敬太爷爬过去，一把抓住太太的腿——柴棍子似的又细又硬。他的肩膀，牙齿一直触着他的骨头，像咬着一块生铁。

他没有力气。他想去叉她的脖子，可是臂膀被她抓住了。

“你这娼妇！你这……你这你这……”

两臂怎么也挣扎不出来。他想喊高大来帮他，可是他没喊。那个的话，太太在上房里，叫个男听差进来——成什么话！敬太爷没有这么个长处：危急的时候也有个礼数。并且——高大也靠不住。

他被她推得远远的。全身像化成了水，没一点劲儿，只狂喘着。

太太还坐了好一会：防着他。不过屁股常移动着，一面拍着三相公哄他睡。

“娘卖……娘卖……我晓得……奸情……奸情……”

两个人都彼此听得见心的跳——仿佛连房子都震得一摇一摇的。

大概敬太爷不会再来那一手了。他只是痛苦地喘着，连抬一抬脑袋都没那个劲。

于是太太用手扇一下鼻子跟前的蚊子，又那么怕撞疼了屁股上的疮似地睡了下去。

敬太爷没睡着：他听见蚊子叫，听见那娘儿俩的呼吸，听见远远地像有人声。

黑夜完全凝结了，只有窗子那边显着模模糊糊的白块。

那娘儿俩——不知谁动了一下，稻草小声儿响了一阵。

这么熬了两个多钟头，敬太爷到底又爬了起来。

“一定有，一定有。……不分给我，这娼妇，娘卖……”

敬太爷偷偷起爬过去：两手两膝爬在地下。膀子颤着老要弯下来，个不留神，就把两肘贴着地。脑袋重重地也挂了下来。

他休息了一会儿。

怎么也得搜一搜：他们身上准藏着钱什么的，她有奸情，这娘卖……那个的话，她野老公给的。她可让他挨着饿不分给他。

透了两口长气，敬太爷轻轻地爬到那娘儿俩跟前。他伸手去摸三相公身上。

没有。

太太动了一下。他赶紧把手缩了回来，可是到半路里没了力气，就掉在太太膀子上。

他咬一咬牙，收回那只手。

楞了七八分钟，他才摸着了她的衣扣，小心地解开。

又没搜到什么。

“那个的话……”

那个的话，她没藏到别的地方：打她回来一直到现在，他没离开她一步过。那个的话，准藏在她身上。可是没有。

突然她坐了起来，马上又那么移动一下屁股。

“做什么做什么！你敢……你……死不要脸的！……嗯！嗯……”

敬太爷被推了开去，腮巴上还给抓破了皮，老实有点疼。

外面什么地方有许多步子响：声音很脆。那响声似乎一下一下打在他身上，五脏都给打得粉碎。

“半夜三更哪个在那里走，在那里……该不是她的奸夫来……”

可是她身上没钱：她没有奸夫。他不知道他到底应该快活还是应该生气。他只是爬在地下不动。

"明天……明天……那个的话……"

敬太爷又试着爬起来：臂膀一软又倒到了地下，又挣扎着起来。

太太又猛地坐直在稻草堆上。

可是敬太爷这回一点也没惊动她，他摇头幌脑地撑起来，拖着两只脚往外走。

外面一阵冷，他打了个寒噤。身子像浸在凉水里。他站了一会，张着嘴吸了几口气，又往前走，挨到了高大房门边。

静静地听着。高大在里面打鼾，呼呶呼呶的。

这位太爷要推房门。房门正要"呀"的一声叫，他马上缩回了手，又一拐一拐往大门走出去。

老这么熬着不是办法。他得去掘点萝卜什么的：半夜里没人瞧见他，不会失什么身份。他得先看看外面有没有人；他听见过脚步响的。

他谨慎地手扶着门，把几万斤重的腿子用力地抬起来跨过门槛。

有人，有火把：打东边那条大路上来。

敬太爷退到了门里：跨得太快点儿，差点没摔一交。

门外路上一闪一闪地发亮：橘红色的光。步子急促地响着，落冰雹似的，说不定是一批跑反的人。

给他们瞧见了敬太爷可不成话。敬太爷就忽然像被一匹快马拖着——一口气奔到上房里。他仿佛听见太太又坐了起来。他仿佛觉得大地在翻筋斗，把他身子一弹，倒到了稻草上。眼前一片黑，有些橘红色的条子在哆索着。

他打算等外面的步子响远了他再出去的。可是那些步子越响越逼紧一点不客气的——响到了大门里面！

“那个的话……那个的话……”

进来的是伙什么家伙，敬太爷没想到他。总而言之，事情总不大那个。于是也懊悔起来，上个月不该把大门门板也卖给了别人：能够关着大门到底好得多，到底……

还来不及把这件事懊悔得完，忽然就——一屋子的亮，一屋子的吵声。

高大的房门很急地“呀唵”一声。又是一些火把闯进厅屋，冲进别的房间里，有个外路口音在失望地叫：

“操你祖宗，什么也没有！破屋子！”

敬太爷觉得自己的脑袋涨大起来，麻木得不能动。眼面前一阵亮。

太太嗄声叫：

“救命哪！……救命哪！……”

三相公哭着，抱着太太的腰。

外面高大也嚷了起来：

“我只有这点米，要吊命的，要吊命的。……副爷！副爷！不要拿去，不要拿去，我只有……”

事情明明白白：来的是鬼怕山的外路土匪。

可是敬太爷还麻木着：不知什么时候给剥下了那件长衫。他们把那件长衫抖了几下：什么也没有。他们又扯下他的裤子，脱下他的鞋：什么也没有。

“没有。这老头身上……”

他们脸是黑的，还带着些青。手里拿着木棍，铁条，还有一把不知道打哪里挖出来的一把刀——锈得连刀口子都有三分来厚。

火把上的光在摇着：黑影也跟着一幌一幌的。

又有两个走进了房里。

“那孩子也……”

那孩子也剥得光光的搜一下：什么都没有。

“大胜娘子你值价点：有就拿出来，免得我们……”

太太跪下来哭着嚷：

“我没有，我……你们看看，我们这里是……”

“一定要看看。……脱下来！”

“我……我我……”

那伙人把抱着她的相公推开，剥她的上衣。

敬太爷老实想发作：怎么，剥一个太太们的衣裳！那个的话，这是……

三相公吓得把脑袋藏在稻草里，翘着光屁股发抖。

太太的上衣里没有东西。

“鞋子里……”

也没有。

“裤子!”

“副爷副爷……”

“一定要看!”——一把搭住她。

她又狂叫起来:

“救命哪!……救命哪!……”

拍!……吃了一木棍。

“再叫!”

她挣扎着，可是裤腰上给扯破了。她于是压着那嗄嗓子喊:

“我拿出来我拿出来，我……”

突然一下子安静了起来。连蚊子也不叫。连大家的出气也没声音。只有火把剥剥的响——响得比没有响声还寂寞。

敬太爷觉得仿佛从一座宝塔上摔下来似的，全身一荡，四肢似乎离开了他的躯体。他怎么也想不到太太有那么一手——“我拿出来我拿出来!”

“那个的话，她藏在什么地方?她竟……”

太太把东西藏得那么高明，一点也看不出——为的是怕他敬太爷偷!忽然敬太爷忍不住要大笑:他觉得一辈子没这么痛快过。他全身发热，像穿着一件新棉袍似的。他摸一下搔疼了的胸脯，轻松地瞧着他太太。

屋子里所有的眼睛也都钉着他太太。

他太太用着那干皱的枯手伸进袴子里，在屁股后面拿出一个东西来：一张卷得紧紧的纸。

她把这藏在裤裆里的什么地方的。

“怎么，塞在屁股眼里的么!”

“还我罢，”她颤声说。“你们还我罢，你们……做做好事………副爷副爷……”

那几个把这个东西打开来：一张二十铜元的票子，买起东西来好当六折用的。

“好的!”——收下了。

此外再没有什么东西，于是他们把敬太爷三个人的上衣也带走，把桌子拆散了也带走，摇着火把出去。可是有一个又回转来，把太太的衣摔到地下还了他们。

那些人叫齐了在别的房间里搜东西的同伴，急促着步子走了。

太太一仆到稻草上就抽咽起来，三相公哭着喊妈她也不管。

敬太爷突然爆出了笑声，像赌输得一塌糊涂的人，最后的孤注赢了一大把似的。他那精光的上身笑得直抽动着。一点不感觉得少了一件长衫。

“那个的话……那个的话……”

她们娘儿俩有钱怕他偷，可是给别人搜了去。高大有米不分给他，可是吃别人抢了去。

高大是什么个劲儿呢，现在?

"高大，高大！……高大！"

可是高大不知道跑到了什么地方：他房门开着，屋子里空空的。娘卖……那个的话，高大跟那窠土匪跑了。

自己也不知道怎么一个念头，敬太爷一股子劲站起来往外面跑：他也想跟那伙人去。

冷风扫着他赤膊的身上，长满了鸡皮疙瘩。

"鬼摸了脑壳，鬼摸了脑壳！"

他恨恨地骂着自己，一面回到房里。怎么，竟想去当土匪，他敬太爷竟………

"鬼摸了脑壳，鬼摸了脑壳！………那个的话，名门之后，竟想……竟想……"

先前那种痛快还没发散完，那种"名门之后"的念头，也还钉住他，他就庄严地坐在板凳上，挺着腰板，肚子上一阵痒他也忍住了没去搔，只把两手叉在那一点没遮盖的肋子骨上。

忽然他大声骂了起来，他自己也不知道骂谁：

"野种崽子！娘卖×的！账混……账混……混账王八蛋！"

他腰板子撑不住劲儿。可是他还舍不得放松那付架子，于是把右腿搬上左腿，硬着脖子，仰着脑袋，带着太爷劲儿把肘往桌上那么一搁——搁了个空。訇！——不轻不重地摔倒在地下。

黑落角里只有几个蚊子在没精打采地叫着。

朋友俩

“期期，你告诉华伯母——你喜欢谁。”

十来只眼睛都钉住期期。期期没答腔，只把右手食指塞在嘴里，瞧着华伯母。华伯母只好自己来开口：

“你喜欢我么？你喜欢谁？”

“小胖子。”

太太笑一笑，接着就告诉牛伯母：那个所谓小胖子是周妈的儿子，也是七岁。不过她的话并没这么简单：她一直打周妈的老祖宗说起，源源本本叙述到小胖子从乡下来到这里。一面说一面瞧瞧各人的脸子。

可是期期早已走了出去。他一出房门就叫：

“小胖子！”

“这里，”声音在楼下。

“来！”

小胖子跑了上来。他俩同年。可是小胖子比期期高点儿，也粗点儿。脸色像烂熟的石榴皮。脖子是黑的，画着一条条的纹路：这是搔痒的结果。

“那个人是你的外婆么?” 小胖子问。

“那个人叫做牛伯母。……来!”

两个人到了期期那间房里。炉子旁边摆着一辆三轮脚踏车，可是前面那个轮子是扁的。一架踏板坏了的汽车靠着它。书架上堆着小孩子看的画报，还有些花花绿绿的盒子，一些洋菩萨。

期期坐在那汽车里，叫小胖子推着走。小胖子力气是很大的。小胖子舌头还能敲着响——“达!”的一声。

“啵……啵!”期期堵着嘴叫。嘴就像一只鸡肫，唾沫一丝丝迸了出来。“为什么不走?”

“搔痒。”

小胖子没命地搔着脖子。那张石榴皮似的脸都皱了起来。接着——忽然汽车很快往前面冲过去，撞到书架上，一个打秋千的洋菩萨摔到了地下。

奶妈走进了房里，手里拿着杯子勺子的。

“期期，吃鱼肝油。”

“我不吃。”

“吃罢，期期真乖。吃了鱼肝油就吃糖，吃牛肉汁。”

“小胖子也吃。”

小胖子舐舐嘴唇，瞧着奶妈。

奶妈睬都没睬小胖子，只把勺子往期期嘴里一塞。

接着又把一颗东西往期期嘴里一塞。

小胖子瞧着奶妈的手，咂咂嘴，咽一口唾沫，瞧着奶妈走出去：奶妈出房门的时候还回头瞧了他一眼哩。

“达!”

只有小胖子能够“达”，期期学不会。期期瞧瞧小胖子的嘴呀舌头的，可瞧不出什么道理；跟自己一样。不过脸子不同，期期的脸白得像粉墙——太太还告诉过别人，期期这几天晒黑了些：“不然真白得可爱。”期期眉心上显出一块青筋。期期的鼻子是塌的。期期想起那些坐汽车的人都规规矩矩，他就把肚子一挺了出来。可是忽然他又想到了外婆：

“我不认识外婆。你认识外婆么?”

“我们外婆在家里。我们跟外婆睡。我们在这里跟妈睡。”

汽车给拖到窗子边就停住了。期期的脸给太阳光洗着就显得更白。眉心上那块青的像一块黑影。

“外婆吃人吃的快么?”

小胖子搔着脖子，脖子上就画出一条条白的。搔呀搔的就说了外婆吃人的故事。外婆老是半夜里来敲门——

“訇訇訇，訇訇訇!‘谁呀?’‘我，’外婆就走进来了。外婆是有尾巴的。外婆跟我们同睡，外婆坐在坛子上，戛落戛落戛落!外婆睡了就吃妹妹了：先吃手，格勒格勒格勒!”

“你跟外婆同睡么?”

“我们跟外婆同睡的。”

“外婆不吃你么?”

“哦，我们外婆是吃素的。我们外婆不吃荤的。”

接着小胖子告诉期期——他外婆是个好人。外婆是很大的：比妈妈还大。外婆一瞧见小胖子跟人打架就得哇啦哇啦骂，瞧见他溜冰也得骂。

“溜冰?”期期瞧着他。

“哪，这样的：百儿——吱!我们就溜过去了。”

“去溜冰，小胖子，去百……百……”

期期忘了那句话怎么说。总而言之他希望有冰，可是这时候只有水。要明天早晨才能那个。他老想着溜冰的事，晚上梦见小胖子骑着冰到电影院里。醒来奶妈给他穿衣裳的时候就喊起来：

“小胖子，溜冰!”

院子里东一块西一块黑色的冰像贴满了膏药似的。缸子里的冰结了一层厚厚的壳——通明透亮的。

风刮得呜呼呜呼地叫。窗子不耐烦地摇着——锵锵，锵锵!风似乎要钻进屋子里来。天上的黑云胶着，厚得像浆糊一样。

期期要到院子里去看小胖子溜冰，可是奶妈不肯。太太也在她自己房里嚷着：

“外面不能去呀，乖乖，冷哩。我跟你……”

声音像从坛子里发出来的。接着话声越来越大，太太下了楼。

期期瞧着小胖子到了院子里，期期就拖着太太的手叫着，眉心上那块青的突了出来：

“我要看，我要看。”

“好，看，看。我们到客厅里看，我们到……”

太太和奶妈牵着他到客厅里。太太小心地关着房门，还瞧瞧炉子里的火。

小胖子站在院子里，东瞧瞧西瞧瞧。石榴皮似的脸上发紫，还有密密的一道道的纹路，仿佛有谁拿小刀在那上面划过的。衣领上的扣子都脱了线，让冷风往里面灌。鼻涕也像结了冰：两条白柱子一直挂到了嘴上，老是不肯跑开。小胖舐了舐嘴唇，自言自语地说：

“冰太少。”

干么他不溜冰？

“你溜冰，你溜冰。”

可是小胖子没听见。他瞧了会儿，忽然嘴里一声“达！”跑了开去。他是去打水的，他想泼些水在院子里让它结冰。

“小胖子！”奶妈瞧见他提一桶水来她就嚷。“你干什么？不准泼水！告诉周妈打你！”

期期总想看溜冰，他打奶妈，他叫小胖子泼水。太太一把抱住了他：

“溜冰不好看。乖乖，乖乖，叫小胖子捉麻雀。”

“捉麻雀，捉麻雀。”

捉麻雀可不怎么容易：他们跳着叫着，你一走过去它们就嘟的一声飞了。小胖子喘着气，让鼻涕封住嘴，让脖子痒着，他只是跑到东，跑到西。可是一扑一个空。接着麻雀又停到他对面，咭咭刮刮嚷着。这回小胖子摒住气，颠着脚尖，猛地就冲了过去。

吱！——脚在冰上一滑就摔了一交。

小胖子刚要哭，可是窗子里的人都格格地笑，于是他也只好笑起来。

麻雀抓不着。期期可不高兴，大声吵着：

“我要麻雀，我要麻雀。”

“乖乖不要吵，乖乖……”

“我要麻雀，我要麻雀，我要麻雀……”

“买给你，买给你，叫小胖子去买……”

期期可哇的哭了。

“我不要买的，我不要……”

“乖乖不要哭，乖乖。……麻雀一点也不好玩。吃橘橘，橘橘真好吃，乖乖……”

太太抱着期期，撅起嘴唇亲他那粉墙似的脸。奶妈榨着嗓子跟着说橘子比麻雀还好，一面走了出去，可是回来的时候还是空手：橘子吃完了。

期期从来没碰见过这些不称心的事，他又大声哭起来，一面吃力地咳着，脸给涨得发紫。

太太大吃一惊：

“怎么又咳！乖乖你不舒服么，乖乖你……奶妈你打个电话给老爷……奶妈你叫车夫去接师大夫来看看。……乖乖你没有什么不舒服么，你肚子里……”

“我要……我要……”

“橘子就去买，叫小胖子去……小胖子，小胖子！……小胖子你会买橘子么？”

“会的。我们买过的。”

外面风更大，迎面刮过来像要挡住你不叫走路似的。嘴呀鼻孔呀都给风遮住了不给透气。灰色的云压在脑顶上，仿佛是一块大得要命的大铁板。小胖子怕风把他吹得退回家里去，他就用脑袋使劲地向前面顶着走。两条腿像踏着水似的那么吃力。天上那块灰色板子越压越重，叫你肩膀都发酸。等小胖子买了橘子回家之后，半空里就飞起雪来。

雪老是撒米粉似地撒了两天。

太太很高兴，因为期期喝了师大夫的药就没咳过第二声。太太把期期一把搂着：

“期期真乖，期期肯吃药，一吃就好了。期期真乖，等天晴了叫小胖子堆雪人给你看。”

“我要雪人，我要雪人！”

小胖子起劲地舌头在颚上碰了一声：

“达！我们会做雪人。我们还会搓雪球。我去……”

这么着小胖子就一口气奔下楼，跑到了院子里。雪堆到了他身上，盖到他睫毛上。他又蹦到了厨房里去，想偷一把铲子来。

厨子把那大脑袋回过来。瞪着眼叫：

“走！”

“越越越！”

“告诉周妈揍你！”

小胖子空着手逃到雪地里对着厨房嚷：

“大头大头，

下雪不愁：

别人打伞，

他拿个大马桶在头上一嵌。”

“滚！”

“操你的妈，呸！”——对厨房那边射一口唾沫，可是吐到了自己衣襟上。

期期跟着太太奶妈在客厅里喊着他的朋友。可是太太打断了他：

“小胖子来了，小胖子来了。快点呀：我们期期要看哩。期期，我们这里是特别包厢。”

小胖子蹲着：两只脚全完埋在雪里，屁股也在雪上面——破棉裤绽出来棉花，衬着雪就显得更脏。小胖子一个劲儿在捞着雪，搓成一个个丸子，手冷得痛起来，就放在嘴边呵了一下。

可是期期觉得这特别包厢还不大满意。

“我要到外面去。”

“外面冷，乖乖，要生病的。”

“我要出去，我要出去！”——眉心上那青块的突了出来。

太太堵着嘴：

“我不喜欢乖乖了，我。”

“哇——！”期期哭了出来。

“好好，我们到廊子上去看。奶妈你把他皮斗篷拿来，还有围巾。”

期期给包得像粽子，只露出两只眼睛。奶妈提个脚炉挨着他。他尖声喊小胖子，对他说着些什么，可是嘴给掩在围巾里，别人听不明白。小胖子一个劲儿把那些雪丸子扔着跑着。有几个落到雪上，就陷到了雪里面，有几个钉到了墙上，就成了个白白胖胖的大扁脸。

“小胖子，扔得高，扔得高！”

“我们这个扔得高。”

这扔得高的一个雪球落到了小胖子脑顶上，给摔得粉碎。石榴皮似的脸上全是白屑，嘴呀眼睛都睁不开来。小胖子不知道这到底是应当笑还是应当哭，他打不定主意，就干叫着。

还有些雪粉从衣领里掉了进去，打脊背一直冷到腰边。接着小胖子又搓第二批雪球，又扔。玩了几次玩得腻起来，小胖子就突然扑的倒到雪地里——仆着。

期期吓了一跳，叫道：“小胖子，小胖子，你快……你快……”

马上小胖子又爬了起来：

“你们看！”

雪上印下了一个人模子：像小胖子再像没有，鼻子上也有黄鼻涕。太太也说印得真像。

这么着一共在雪上面印了五个小胖子的模子。

小胖子身上冒着热气。

“我们衣裳结了冰了。”

“小胖子鼻子里也有水。”

“我们鞋子里有水。”

太太打了个寒噤，叫期期到里面去。她带着八成鼻音告诉期期：期期是乖孩子，乖孩子是不是在外面受凉的。

小胖子全身都是水渌渌的，冰冷的，仿佛光着屁股躺在雪里。他就溜进了屋子，靠在火炉旁边。期期也跟着走进来，瞧着小胖子身上冒着热气，像厨房里的大烟囱。

“你有水，”期期手指触在小胖子身上又缩回来。

“我们有许多水：我们有十担，有十八担，我们有……我们有五担哩。”

这么多水一下子可干不了。一直到睡的时候还没干。周妈瞧见小胖子的衣裳就骂了起来。

“小鬼！死家伙！玩雪玩得……玩得……”

小胖子一钻进被窝里就嚷肚子疼，滚着。可是屁股上给捶了几下：

“睡！不许喊！谁叫你自己……”

咬着牙嘟哝着，可是周妈到底到楼上去问太太讨万金油。

楼上正在乱忙一气：期期白天着了凉，肚子疼。老爷在打电话给师大夫。太太抱着期期在屋子里一来一回地踱着。

第二天老爷整天没出去，在期期房里陪着。期期肚子不疼了，只是咳嗽，发热。

小胖子呢就泻着肚子，一坐上抽水马桶就开自来水龙头似的，叫你听着不知道他是在拉屎还是撒尿。一拉完就轻松起来，蹦蹦跳跳到期期房里。

天晴了。积雪成了硬块。屋檐下倒挂着一条条的冰柱子。小胖子想叫他那位朋友看他溜冰，可是期期老病着。

“期期你别生病了罢：生病有什么好玩呢。”

一连几天期期只是咳嗽着，额头烫得烤白薯似的。

太太一天到晚红着眼睛。老爷打电话给这个大夫，给那个大夫。许多西医诊得没有什么办法，于是花五十块钱请了一位中医，期期给灌了三贴药，那天晚上热度突然加高。半夜里临时请姓缪的那个德国鬼子来，他也摇摇头，姑且打了两针。

大家提心吊胆地瞧着期期，像等着什么似的。只要期期稍为动一动，他们心里就一跳。

期期哼着说：

“我要橘……我要……”

缪大夫说橘子可以吃，太太就发脾气似地说：

“小胖子，去买……”

小胖子一拿着钱就往外跑。月亮发青，跟着小胖子跑。从水果店里买了橘子回头，忽然肚子又疼了起来。他嘴里“达”了一声，可是更难受起来：肚子里的鬼东西直往下面坠，像有十个秤锤吊着似的。他满脸的汗：淌到龟裂的地方就疼得发抖。

“要出来了要出来了！”

四面瞧瞧：月亮照出来的光像是结了冰。店家都关了门。大街上可不能拉屎。肚子里咕噜咕噜响着：那鬼东西只是想要钻出来。

他站住了一会儿，两腿夹得紧紧的。一面还用手捺在棉裤上，像塞瓶塞子。

肚子里响了一会儿，那鬼东西倒放松了一点。可是他走了几步它又想跑出来。一个不留神——那个倒楣的地方一阵热。他哭丧着脸说：

“一定是它，一定是它！”

这么走走又站站，站站又走走，到底回了家。他手像枣子似的颜色，手背比往日厚了半寸。破的地方淌着血。

“橘子！”

他把那袋橘子一扔到期期房里就往楼下跑。几乎来不及揭便桶盖——那鬼东西就迸了出来。抽水管坏了点儿，水不断地流……小胖子奇怪自己肚子里那鬼东西干么老拉不完，他就在桶子上坐了三个钟头。

第二天小胖子像往日一样，他到院子里瞧瞧地下的光滑滑的东西，他拣一块砖头放在冰上，一只脚踹上去，那只脚一撑：百儿——吱！

“一二三！期期病好了。期期来看我们溜冰了。”

九点多钟的时候，忽然奶妈在楼上大声哭了起来。小胖子颠着脚尖一到期期房里，他就在门口楞住了。他们大家围住期期。太太在抽咽着。老爷揩着眼睛。期期静静躺在床上，太阳照着他那白得发青的脸。那橘子放在床边椅子上，还没谁吃过。奶妈哭着嚷着，像吵嘴似的：

“期期，你怎么就去了……期期！……”

窗外瞧见对方屋子的檐下挂着一条条的冰柱子，下面尖尖的，像山羊下巴上那撮毛，给太阳照得一闪一闪地在发光。

笑

“强三你看：发新嫂这张脸倒白漂哩。”

强三大笑起来，一面翘起个大拇指：

“九爷你眼界高，眼界高：唵，我说的。”

“田夸老家有这样一位嫂子真是奇怪。……这块白漂肉叫发新衔在口里：鲜花插在牛屎堆上。我们发新嫂是……发新嫂你说是不是？……”

九爷那张脸渐渐往发新嫂跟前靠近——灯照得他的脸子半面黑半面红，那上面的又粗又大的汗毛孔也瞧得清清楚楚。两个嘴角给腮巴上的纹路扯了开来，规规矩矩露出了他那排歪头孔脑的牙：陷进去的几颗是黑的，突出来的几颗是黄的。闪着亮的是那两颗金牙——古铜色：据李道士说这并不是真金，只是洋鬼子包粽子糖的纸，九爷打什么地方检着就拿来贴在牙上了。

不过这是从前的话。现在谁也不敢说九爷一句闲话。就是李道士也改了口气：

“九爷手上那个金戒指是真赤金哩。”

跟着就叹了一口气，谈到村子里不太平：

“这几年真是！唉，劫数！我们大家还能够勉强过日子，全靠九爷，要不然的话……”

“九爷倒有几手。他从前……”

他从前——可没谁瞧得起他。可是不知怎么一来给他混出了一条路：他手下有几十个打手，他们包运着全县的特货。去年死了那个抽一辈子“高射炮”[①]的老陈，可没见着他那尸身——听说是九爷他们偷去卖给东洋人的。

民团也在九爷手里。

九爷神通大着哩。要不然的话怎么明举人那么相信他——他俩还拜了把。明举人当着这团总，可是不管事，把什么都交给了九爷。

“有我，”九爷拍了拍胸脯。“你放心：地方上要是出了事——问我！”

不是夸口的话：九爷觉得这地方上的人不难对付，不论女的男的。杨发新那混蛋——九爷已经对付下了。发新嫂也不费什么劲：只不过叫强三去跟她说上了几句

---

① 抽海洛英的人，把这白粉装在纸烟头上，点着一抽，就了事。但为了怕药粉掉下来，故抽时必须把纸烟竖着，那不像高射炮么？

话，她就上了钩。

于是九爷把眼珠子冲着发新嫂——越钉越近。眼球上涂着红丝。左眼只有右眼一半那么大。

发新嫂不敢看他的脸，只把眼睛对着他那大绸夹袄的扣子。

可是一只手抓住了她肩膀。接着一条冰冷的舌子舐到了她腮巴上——凿刀似的。

“不要………不要……”

她一抽身——退了几步，挨近着那扇门。她那褪了色的蓝竹布衣衬在门上就显得格外分明。

强三正端着那碗烧酒送到嘴边去，这里突然大笑起来，差点儿没把碗摔到地下。

灯在冒烟：天花板那儿像有黑云压着。

九爷可一下子把脸绷了起来，右眼更大了些。他尖着嗓子，拖长着声音——

“咦——！”

老实说，他十几年来没碰过这么个钉子。

女的颤声说：

“九爷九爷，我求求你老人家……”

“怎么，你不干了么？”

“九爷你老人家是……”

屋子里只有这么三个人。强三觉得再笑下去没什么意思，他就正正经经呷了一口酒，用手背擦擦厚嘴唇，偷偷地瞧到了九爷脸上。

“不对劲，不对劲，”他想。

九爷的脾气他知道；做一桩什么事——顶怕的是扫兴。要是这回发新嫂不识抬举，叫九爷扫了兴，他强三可得挨骂。

“呃，发新嫂，”强三站起来往她那儿过去。

她那张“白漂”的脸带点青色。

“发新嫂你自己想想，自己想想。唵，我说的：你还是好好伺候九爷一晚，免得……”

他打了个膈儿，偷偷瞅了九爷一眼。

“唔。哼。唔。”

九爷鼻孔里响着：像在咳清嗓子里的痰，又像是冷笑。

“本来是她自己愿意的。我九爷还怕没有雌头！我不在乎她这……”

三个小老婆，再加上城里包定的几个花姑娘，还有零买的。发新嫂真不算什么，九爷只是想尝尝新，并且——

“并且叫杨发新晓得我九爷的厉害！杨发新不过是个田夸老，他竟敢到我头上来动土——哼，老实不客气，叫他吃点王法！还叫他老婆也上我的钩！看他姓杨的斗不斗得过我！……”

可是发新嫂把汗渌渌的手按着门：瞧这劲儿她是

想跑。

九爷坐了下来，右眼角一抽一抽的。他那大影子把全屋子都挡得漆黑。

那第三个瞧瞧九爷又瞧瞧发新嫂。他打了个膈儿，有些东西冒出了食道，可是马上他把它咽了进去。

“发新嫂你要看开一点，看开一点，不要……”

突然——门一开，发新嫂一抽身就跑掉了。

强三马上冲出房门——一把拖住她：

“跑不得跑不得！”

她挣扎着。

“呃呃呃！”强三警告她似地压着嗓子。“你们发新还要命不要，要命不要？”

沉默。发新嫂僵了似地站着，有点喘不过气来。

“九爷的脾气你晓得的，”强三把喷着酒味儿的嘴凑过去，拼命压低着嗓子，可是震着对方的耳朵。“九爷把你们发新抓了来，你们发新的性命就在九爷手里，你要是不依……”

“我是……我是……”

“呃，听我说听我说。”

于是他四面瞧瞧，怕谁偷听了去似的。这时候他忽然打了个膈儿，叫他自己吓了一跳，就赶紧用右手把嘴掩住了一会。

“九爷要把发新当土匪办，唵，我说的。他会……”

发新嫂尖叫了起来：

“他怎么是土匪！”

“嗨，不要叫！”

闭了会儿嘴，强三的话就来得慢条斯理的：

“你听我说。九爷跟明举人常说——常说——近来乡下人都不大安份，都是发新带头，他带头，我说的，呃，九爷说的。我看……我看……呃，那天发新竟敢顶九爷几句，还骂九爷是什么什么的，还动手动脚，唵，我说的，呃，九爷自然是抓他。……发新在民团里吃王法，你是晓得的。要是你好好伺候九爷，我说的，九爷一定放掉他，一定放掉他。要是……”

强三紧瞧着她的脸。

打门缝里射出了一条亮，在发新嫂身上转了湾。

“你想想罢，”强三说。

发新嫂瞅一眼那扇门。

房里那位九爷在干什么？也许已经安安静静坐在那儿喝烧酒，满不在乎地微笑着，右眼角在一抽一抽的。可是也说不定他在发脾气，嘴角边那两条皱纹一直拉到鼻子边，眼球上涂着红丝，想着要给发新吃点苦，然后咬一咬牙说他是土匪：斫他的脑袋。

一到第二天，发新的脑袋就得挂在树枝上。明举人他们准会请九爷吃酒席，拍拍他的肩膀——

“全靠你：为地方除一厉害。”

明举人跟发新本来是对头。

于是发新嫂一家人——那又瞎又聋的老太婆，那两个孩子，连发新嫂自己：他们都得……

强三知道发新嫂全明白这些事，他就又打个膈儿，咽下一口唾涎，三遍四遍五遍地说着：

“你想想罢，你想想罢：唵，我说的。”

他安然自在地等着，只要她身子动一动，或者嘴动一动，他就容易向九爷交差了。

可是那个只咬着嘴唇。

房门里面忽然訇的一声响，把门外面的人都吓了一大跳。

四只眼睛钉着那扇门：听着看有没有下文。

静悄悄的。

强三用手背抹了抹嘴，就怪体己地跟发新嫂谈起来。他觉得屋子里那么訇的一响了之后，他就非赶紧办完了这件事不可。他叫发新嫂知道九爷是个大方人，只要她肯依他——

“九爷是不在乎钱的。”

他问她现在是不是要钱用，接着打了个膈儿，像代替她回答了一声。

“你正短钱用吧，是不是，是不是，唵，我说的？——嗷！”

她家里是怎么个情形——强三当然明白，并没

"啾"错。她那两个孩子在等着她给吃给喝，嗄着嗓子哭着喊妈妈。那两岁多的小丫头在地下爬，拖着寸来长的鼻涕，把泥土抓着往嘴里塞。老太婆也等着她去照应，张开干瘪的嘴，一天到晚嘟哝着——谁也没去听她胡说些什么。她也要填饱肚子。她还不知道儿子给九爷抓去吃王法哩。

民团里那些副爷那里也得使钱：塞几个到他们手里——好叫发新少吃点苦。……

这里强三叹起气来，好心好意地再叫发新嫂想一想。

"想想罢，想想罢，"他学着明举人那年劝说灾民出境的那种劲儿，哭丧着腔调，似乎一个不留神就得淌下眼泪来的。"你也真可怜，唉！你是——啧！"摇摇脑袋，伤心得连脸都抬不起来。"不过九爷是肯救发新的。肯救的，唵，我说的。你要是依他——好好伺候着他……他又肯花钱，又肯救你们发新。你要是不——不——不那个的话……"

只要九爷横一横心，就什么都完了。

发新嫂打了个寒噤。可是那些利呀害的她都想不上来。她眼面前只显出九爷那张嘴，闪着那两颗古铜色的牙：那张嘴要是肯动一动，发新就能够自由自在地回家。

她害怕地四面瞧一眼，又回到了屋子里。

"九爷，九爷，发新是……你老人家放了他罢。……"

九爷高兴地叫道：

"哈哈，我晓得你要回来的，我晓得的。……啧，怎么要扮这样一付苦脸：快活一点呀。"

那双一大一小的眼睛就往房门口瞟了一下：那儿站着强三。

强三知道那个在夸奖他，可是他拼命装着个满不在乎的劲儿。

女的脸发青。眼睛里泡着泪水。

"你老人家高抬贵手——放了他。……他脾气不好，冒犯了你老人家，他是……一个种田人总是……"

"来，香一个嘴！"

墙上那大黑影子一幌，就举起了起重机似的东西：九爷两手捧着她的脸。

她没挣扎。眼泪淌到了腮巴上，在灯光下面闪亮。

"九爷你老人家……"

"呃，呃，呃"九爷他老人家警告似地叫着，可是声调还算客气。"你来到了我这里就要好好的：我花钱买你一张哭脸么！………你要的是钱。我要的是快活。……呃，呃……"

房门口那个人瞧着他俩，一等他们有谁拿眼睛扫过他身上，他就赶紧把视线移开。他两只脚在地下轻轻擦着：他不知道还是走近他们跟前的好，还是退出去好。

九爷嘴角往下弯着，那两条纹路给灯光照成一大条黑的，像用黑笔勾了一下。

强三就叹了一口气说：

“唉，发新嫂你想想罢，你想想罢，我说的。”

可是发新嫂只瞧着那双涂满了红丝的鸳鸯眼。

“九爷九爷……”

“不要这样不要这样。……呃，笑一个看看，笑一个。”

“九爷你老人家总要……”

“不行！你先笑一个给我看看！”

“他是……他是……”

“先笑一个再说！无论如何要笑一个！”

两双眼对着。两张嘴闭着。

平日九爷有什么心腹事总叫强三办：强三挺能干，九爷有什么麻烦他都解得了的。于是他就插了嘴，一面挺挺胸脯，似乎在办地方上的一件大事：

“发新嫂你就笑一个罢：这又不是赔本的事。笑一个啰，笑一个啰，我说的。你想想罢，你是……噉！”

他赶紧咽下一口唾涎，抹抹嘴。正打算再往下说，可给九爷抢说了去——

“笑一个！——不笑不行！”

发新嫂喘着气。

楞了这么分把钟，发新嫂就咬着牙，吃力地笑一下，跟着一大颗眼泪滚到了脸上。

那个把这张水渌渌的脸拧了一把：

“嗳，这才像样!”

强三瞧得有点不好意思似的，低着脑袋，把又短又粗的脖子害臊地扭了一下，仿佛是个十七八的闺女。这时候他脖子里猛的爆出了一声膈儿——

“嗽!”

那边那个男人冲着发新嫂的脸笑着，挤出他那歪头孔脑的黑牙和两颗金牙。

女的嘴唇用劲地动了几动，可是声音给梗住了出不来。她拼命忍住哭，装个挺卖好的脸色对九爷仰着。

“九爷你老人家晓得发新是……发新是……”

“什么?”

“你老人家放了发新罢：他是……”

“发新?”九爷似乎吃了一惊：到这里他才知她跟他谈着的是发新的事。“发新，哼!”他停了会儿，瞟强三一眼。“老老实实告诉你：我九爷就最讲究个礼数，他这回——他竟敢……”

“发新是好人，不过脾气……放了他罢，放了他罢，他实在……”

“那——”九爷摇摇脑袋。“哼，没有这么容易。”

他用指节敲敲桌子。他脸上刚才那付嘻皮笑脸劲儿给收拾掉一点儿，只把肌肉绷得不松不紧。

不用说，这里该来一套正经话。

“现在呀，哼，”他右眼皮在抽动，嘴角下面裂着两条短短的皱纹。“现在这批乡下人简直不成话。发新是——发新是——我晓得的，许多坏事都是发新领头：这些事我九爷都明明白白……你们这些田夸老……”

“阿弥陀佛你老人家不要冤枉他……”

“呃，呃，冤枉？他有意跟我作对，跟明举人作对。他竟冲撞我：骂我祖宗，还动手动脚要打我！这简直是土匪！——我对土匪是一点不留情面的：我自然要抓他！……王家的枪案一定有他，他跟他们……”

“你老人家……”

九爷可微笑了一下，右眼张大得关不住眼珠：让它突得高高的。嘴一动一动的像在吃什么东西。

“呃呃呃，不要着急不要着急。发新只要吃点王法就会放的。……不管他，你好好伺候我一晚——包你有好处。九爷是明白人，我九爷。”

他拍拍胸脯。

强三咂咂嘴，想插句把话，可是没什么说的：要说的也不过是翻来覆去那几句。

九爷眼珠那么一旋——左眼全露了白，右眼眼黑可还没挨着边。然后这双眼珠停到了强三身上。

“真奇怪：发新嫂嫁了这么个男人——又粗又蠢又混账。要是这位嫂子跟了我九爷，那——强三你说是不是。”

那个赶紧大笑起来。

“九爷你的话不错，你的话不错：唵，我说的。……发新嫂你看?”

发新嫂用手抹抹脸上的泪水，用力地瞧了九爷一眼。

可是九爷一把搂住了她：左眼眯着，右眼角在一抽一抽的，用着温柔透了的声调说：

“不要这样不要这样，好嫂子。”

接着——一把凿刀似的舌子舐到了发新嫂脸上。

强三把个膈儿闷在嗓子里：“咕”的一声。他装做没看见他们似的，脖子一扭，轻轻退出了房门，脸上堆着微笑。房门关上之后，他还在门缝里张了会儿。

房里的那一套——是他强三的得意之作。

于是他轻松地透了一口气，回到了自己的房里。

“九爷会给她多少钱?”他消遣地问自己。

乡下货比上不城里货，总得便宜点儿。

不过九爷并不在乎钱，九爷只要叫杨发新受点儿气。一到明天，他强三就得叫杨发新知道这回事。

“好，你跟九爷作对罢，只要你斗得过。……老实告诉你，连你的老婆都跟上九爷了。……你这土匪，你这你这……”

还得骂句把什么，可是他想不出：没有比骂他做“土匪”再适当的。

“土匪要砍脑袋，要砍脑袋，我说的。”

杨发新那家伙当然也逃不了这一着：九爷跟他说过。

老实说，发新嫂好好伺候了九爷一晚——也救不了她男人。

“留着这土匪叫地方上遭殃么，唵?”

强三爬上床，伸长着脖子把灯吹熄。

他眼睛一阵花。

忽然——杨发新的影子矗在面前。身上一条条青的红的。两条腿因为上过了踹棍，有点站不住。

“不要找我，”强三镇静地说。

这家伙离死不远：灵魂脱了窍。可是他能怪别人么。

“善有善报，恶有恶报。……这是数，我说的。……谁叫你跟好人作对，谁叫你犯法?”

那天强三去派团防捐，杨发新他们硬说没钱，还和强三顶嘴。强三吃打了一拳。现在肋子骨还有点疼哩。

“唔，看罢。”

他放心地把被窝蒙上了脑袋。

外面有个女人在叫魂，声音发抖，不像人类的嗓子。叫人听着连汗毛直站起来。

一只狗嗄声叫着，像有什么大祸就要到来似的。

这年头真奇怪：就是有九爷那么个能干人，可是地方上也不尽安静，明举人还时时刻刻怕有什么大乱子。

强三就轻轻嘘了一口气。

不知道睡到了什么时候，可连这所房子里也不安静了。

九爷在他屋子里大声嚷着，像老虫发了脾气。

訇！敲着桌子什么的。訇，訇！

“怎么！”强三赶紧坐了起来，连呼吸都屏得紧紧的。

“你你！”——九爷似乎咬紧了牙。“今天这一晚是我包定了的：你随我摆布！……”

过了会儿——

“你敢！……看你逃到哪里去……”

訇隆訇隆訇隆！——一阵乱步子！

女人的尖叫。

强三把衣一披，两只脚移到床下找鞋子——脚板就在泥地上乱擦着。

右手伸到了桌上，摸洋火。

这会儿没一点声音。

突然——九爷的大笑声。像鸭子叫似的。

“呃呃，这样……乖乖地伺候我九爷……”

强三右手放在桌上没动，侧着脑袋听着。

只有狗叫：听不出一声一声的“汪汪汪”，而是联成一整片——拖长着叫着，声音还带颤，仿佛有个女人在凄厉地哭。

这叫声使强三不舒服起来。

“操你娘的！”他又躺下去，把被窝蒙着脑袋。

过了十分钟他就打起鼾来，这么舒舒服服地睡着一直到天亮。这中间只给九爷吵醒过一次，可是也不是什么乱子，九爷只叫了一句——

“呃呃，怎么！我告诉你——今晚是我包定了的！”

强三起来的时候，九爷已经要打发发新嫂走了。九爷在荷包里拣了老半天，掏出了一块钱。

“一块龙洋。擎在九爷手里——亮闪闪的。”

“发新嫂你笑一个：笑一个才给你。呃，笑呀！……嗳，这才对！”

叮！——那块龙洋扔到了桌上。

九爷瞅了强三一眼，嘴角上的皱纹动了几动。

发新嫂抓着那块钱：手哆索着。

“谢谢九爷呀，”强三带五成鼻音叫。

突然发新嫂痛哭起来，全身都发抖。

“哪，哪，哪”九爷把嘴唇撮着，右眼皮抽动了一下。“我不欢喜看人哭：你不要在这里哭。”

女的一转身就走，可是九爷揝住她膀子：

“来来来，我们到底还是有恩情的，让我……”

她咬紧着牙，用力挣开他的手。

九爷跳了起来。

“不行！——我花了一块钱哩！……你晓得我九爷的脾气是拗不得的！”

一把拖了她过来，用右手在她大腿上扭着。

发新嫂全身一震，尖叫了一声。扭第二下的时候她可没再开口——扭一下她就颤一下，九爷膀子上的肌肉也就跳一下。

强三瞧着他自己的左手背，像看西洋镜似地那么出神。

最后九爷扭到了发新嫂脸上——扭了两把，她腮巴上就有两块紫红的。

“滚罢！”——一推，让发新嫂跌出了房门。

房里两个人大笑起来。

“九爷你花了一块花边……”

“唔，这是吴八杆子那块钱，”九爷扣着扣子，一面忍不住又要笑，露出那排五颜六色的歪牙齿，右眼皮也抽得更厉害了些。“她会来换的，她。”

一点也不错。下半天发新嫂到清风阁找着了九爷，请九爷换一块钱给她。

“请你老人家换一块钱给我罢，这一块是……”

发新嫂脸子成了灰白色，腮巴上有两块紫的，还透着青，肿着。

九爷那对鸳鸯眼打发新嫂脸上移开，把茶店里的人都瞧了一遍，又钉到了原处。大声说：

“为什么?”

“这块钱是铜的，我给许多人……”

她给许多人看过：铜的。可是发新在牢里等着钱去救命，家里那老太婆和几个小鬼也等着米下锅。

“我怎样会给你假洋钱?”九爷的眼睛又四面扫了一圈。

发新嫂咬着牙。身子摇了几摇，她就用手撑着桌犄角。

“你老人家早晨给我的那……”

九爷眼珠子旋了一转，眯着个左眼，嘻皮笑脸地把脖子扭了一下：

“我九爷怎么要给你钱？我欠了你什么不明白的账？你说出来：当大家的面说，我马上换一块给你。我怎么要给钱给你？”

大家都打起哈哈来。

“真的，九爷为什么凭空给你一块钱？”

“风流债，风流债。九爷欠了她的……”

“呃呃呃，其中必有道理。九爷你……哈哈哈哈哈！”

“九爷倒喜欢乡里货，唔。”

“有其夫必有其妻，”一个老头说完了瞧瞧大家，可是大家在笑着嚷着，于是他把这句话说了七遍。

强三笑得差点儿没昏过去，一口气笑完就捧着肚子喊“哎唷，哎唷”跟着就提高着嗓子——把一切声音都压倒：

“她跟九爷是有缘份的，有缘份的：唵，我说的。”

发新嫂哭着，一个劲儿求九爷换一块钱给她。

“九爷你老人家修修好……”

“啧，又来了！……哭脸我是不高兴看的，你要……”

“喂喂，”强三插了进来。“还是笑一个，还是笑一个，我说的。”

“嗳，强三对。……好嫂子你就笑一个罢。”

大家又哄出了笑声。

茶客全都拥到了这儿。

“她问九爷要钱，叫他……”

“她男人就是那个，就是杨……杨……”、

“杨发新。”

“唔，杨发新。如今乡下都不安份，他是……”

九爷掉过脑袋去插嘴：

“上次王家的枪案就有他。”

“好买卖，好买卖：男人当土匪，堂客卖娼。”

话声笑声打成了一片：清风阁从没这么热闹过。

九爷一会儿摆摆手叫大家听他说话，一会儿扭扭发新嫂腮巴子。

“笑一个笑一个！我九爷只要……”

“九爷你告诉我：她要几个钱一晚？”

“吓，你要割九爷靴子么？”

又一阵雷似的哈哈。

“杨发新还要跟九爷作对哩，连他堂客都……”

九爷呷了一口茶，右眼皮没命地抽动着，把黄牙黑牙都笑得露到外面，摆摆手叫：

“办了杨发新——叫这小寡妇怎么挨呢。这样白漂的脸。……”

“跟你九爷，跟你九爷，我说的。”

“跟我九爷么，那是……”

忽然——一把茶壶飞了过来。

九爷眼面前那么一闪，他赶紧让开：没打着。这点本领在九爷并不算希罕。

哗啦！——茶壶在地下摔个粉碎。

一下子把笑声话声都打断。五六十只眼睛钉着发新嫂。谁都紧张着脸子。

这茶壶是发新嫂摔过来的。她脸色发青，腮巴上那两块又紫又青的疤——似乎更肿得厉害了点儿。她没命地咬着嘴唇，手抓着拳，身子哆索得像要倒下去。

九爷一跳：

“吓！”

发新嫂又抓起一把茶壶来要摔，强三他们搭住了她的膀子。

“吓，这年头连堂客们都……”

发新嫂腿子一软，脑袋倒了下去。脸成了石灰。嘴里像螃蟹似的冒出许多白沫来。

温柔制造者

天晴得没一丝云。太阳影子挺光烫。

日历上的字是红的。

这一点不含糊是个好日子。公园那些地方全是些人：女的男的一对对紧挟着走，生怕对手逃去似的。

一些打单的家伙可不怎么舒服，叹口长气。

“这天气真无聊。”

“要事有个把娘们儿挟在手里……”

“麻烦劲儿。这天气叫人什么事也干不了。”

“真奇怪，我们脸子也不见得比老柏坏到哪里，他恋得着爱我们就恋不着爱。”

那个所谓老柏只笑了笑。

“老柏，你舅爷没写信告诉你太太么?”

老柏摇摇脑袋：

“连我那位舅爷也没知道。”

“她家里可知道?”

“谁?”

“家璇家里。”

老柏又摇摇脑袋。

停停。

“她哥哥把我当个忠厚长者哩。”

“真糟糕。她哥哥也许以为你是个天阉吧。……那位哥哥也太天真：竟放心交个妹妹给一个男子汉去照应。”

点着一支烟卷，老柏坐到椅子上。他觉得朋友们对他还有点误解，就吐了口牛奶似的烟，哇啦哇啦谈起来。

“我跟家璇的那个可不是偶然的。……”

他一提起爱呀恋的那些字眼总怕肉麻，就老是拿“那个”来替代。

“我对于那个——可一点也不随便。我不像香肠那种态度，香肠的烙蛮死是……”

别人打断他：

“我知道，我知道。别耽误你的工夫，你赶快去幸福吧：有人等着你哩，唉。”

说了又哭丧着脸叹了口长气。

“对不起，”老柏戴上帽子就走。

没有一点儿风。全身被太阳晒得软软的。

老柏右手插到衣袋里，打算着今天跟家璇到哪儿去。她那学校的会客室里可不能久坐。况且这么个好日子——不出去逛一会也不成话。

可是上哪儿逛去，每次他俩见面的时候就把这当做个难题。

“上哪儿去?”他问。

“随便。”

“大便还是小便?”

女的就响着电铃似地笑起来。

男的想着，搔着脑袋——头发里落下些灰白色的雪片。

“城南公园行不行?——有海棠。”

“好罢。”

“怎么你老是不出一点主张?”

“我觉得你一切都是对的：我随你。”

这么着就是城南公园罢。

他俩在海棠树下走着。手抓着手。靠得紧紧的。女的比男的矮一个脑袋。

一些蜜蜂嗡嗡嗡地叫，听着这声音就疲倦得要瞌睡。

树下有些一对一对的走着坐着。那些打单的总得注意地瞧他们一下。

老柏把步子放慢，掏出一支烟卷来点上了火。

“这儿人太多，讨厌。”

“假如只有咱们俩，那也没意思。”

她瞧着他，过会儿又说：

“我希望都是些一对一对的：譬如是——譬如是——是我们的配角。……我老觉得这世界只是我们两个人的。”

两个人在树下湾湾曲曲走着。

“你那篇恋爱论文写完了没有?”她拼命跨大着步子好跟他的步伐一致。

“没哩，”男的轻轻嘘口气。“你对我那篇文章的立论还有什么意见没有?”

“我是完全同意的，可是……可是……不过我老是想到……”

“想到什么?”

没答。只是伸出右手，拦过老柏的腰后去抓住他的右手。

走一步，他两的肩膀就挤一下。老柏发现他跟她的步子走错了，于是换了换腿。

“你想到什么，嗯?”

“我老是害怕。”

“你还是那句话——怕我不那个你，你真……”

“我还是那么想：爱是容易幻灭的。”

她眼钉着地下，过了那么两三秒钟又猛地回过脸瞧着他，抓着他右手的那只手也紧抓了一下。

老柏四面望望：这儿没别的人。他停了步。

“我不是说过的么：小姐少爷们的那个当然得幻灭，

可是我们……至于我们的那个……”

他手撑在一棵树干上。她两手搭在他肩上。

“总而言之是这样，”他瞧着她的眼睛，她眼白上有一小块青的，“正确的那个是不至于幻灭的，那个是……那个那个是……咱们坐下来罢。”

接着老柏就把说过三十六遍的话又说一遍。

她眼珠子动也不动——一个劲儿钉着他。

他嘴唇挺吃力地在运动。嘴上下巴上稀稀的几根胡子，像地下的青草。右耳边贴着一个圆疤，光滑得仿佛是一面铜镜。他嗓子提高的时候，那面铜镜和那些青草什么的就地震了似地波动起来。

“我们的那个不是偶然的：我们是……”他打了个呵欠。

忽然他脸上痒了起来：他才发现她的脑袋已经搁到了他肩上，他就伸出手围住她的背。

话可总得说完它。于是背书似地告诉她：他反对小姐少爷式的“那个”，他反对喝水论的“那个”。顶标准的“那个”应当建在僚友关系上面：两口子走着一样的步子，能合作，“这就是说，配偶要是个同志”。

而他俩的“那个”正是这么回事。

是啊，正是这么回事。

他把这句话重复了三遍。

“你很有希望，”他两手捧起她的脸来，“你将来……

我们将来……是的，我们的那个能促进我们的工作……”

两个鼻子相隔只有半寸远。

老柏鼻孔里呼出一股大葱味儿，叫家璇感到受了压迫似的。

“又吃过大葱了吧?”她小声儿问。

“唔。你讨厌这味儿，是不是。”

“一点也不。”

仿佛是要证明她的不讨厌这味儿，他俩亲了个嘴。接着两张嘴又撮在了一块。

她箍着他脖子。

他搂着她的脊背。

她的眼睛闭着。

他的眼睛——那是张开的：瞧着她，相隔得太近，他的成了斗鸡眼。

她呼吸得有点急促。那可不知道是因为激动了，还是因为他的大葱味儿压迫着她。

这么着过了两三分钟，两张嘴才分开。

“你胡子刺人哩，”她还箍着他脖子，瞧他眼睛，瞧他腮巴子，瞧他的嘴，像在赏鉴一件艺术品。

“我有三个星期没剃了。”

这些胡子到底不怎么漂亮：在嘴上画成了个“八”字，人中附近一根也没有。还有几根是黄的。还有几根是棕色的。

而且鼻孔里还有一根毛长到了外面，也不去剪一剪。

她觉得男的仿佛是故意装成这模样。头发从来没梳一下，背头不像背头，分头不像分头。鞋子上全是黄泥。蓝布袍子上还有两块油迹。那张脸——不知道为什么，看来似乎他今天没洗过脸。

干么他不修饰一下？

“你要是打扮起来的话……”她微笑着。

“什么？”那个吃了一惊。

“我觉得你的……你的……嗯，真是。我想不出一个相当的字眼来说。……你从来没修饰过么？”

男的在女的腮巴上亲了一下，啵的一声。

“我上你这儿来——可没想到要修饰过。我这张尊容，对不起，修饰起来也没什么大不了。”

家璇把鼻尖子皱了一下：

“你故意这么随便的，我知道。你把我不当回事。”

“怎么，我……嗳，你又来了，怎么你老是……”

“我知道，我知道。反正是我追你，你以为怎么样我也得爱你，你把我……譬如是，譬如是……”

老柏笑起来。

“你叫我打扮得像兔子一样么？”

“不单是这件事。总而言之你对我……”

箍着他的两只手松了下去。眼睛钉着前面。

瞧这劲儿可不是说着玩的。

“我从来没对你随便过。我对于那个，我是，嗳。你知道我生活跟我的思想是……”

“真是。别谈理论了罢。一说起来就是那么一大套。”

“可是我……”

他一把抓住她的手，她手背上贴着一小块橡皮膏。

“手破了么?”

对面有一双男女踱了过来。女的眉毛一直描到了两鬓里面，腮巴上糊着橙黄色的粉。男的低着脑袋在跟她叽里咕噜，只瞧见他那一脑顶头发——亮得叫人打喷嚏。

老柏难受地想：家璇叫他学那样的男人么。

那一对在他们前面楞了会儿，又折了过去。

家璇从地上检起些花瓣，拿在手里揉着。

“我太爱你了，我每天……”她瞅他一眼。“我什么事也做不下，一天到晚做梦似的。可是你……”

“嗳，你得想想更重大的事。两性间的那个可并不是生活的全部。”男的抱起她的脑袋来。

“你总是……”她脸子被捧得仰着，视线就横过鼻子的两侧到他脸上，隐隐地瞧见了自己的鼻尖。“你总是不把我当回事，我就想到……譬如是——譬如是——你将来会不爱我，会……”

她一只眼睛里一泡水，慢慢打眼角流到两鬓那儿。

“别乱想罢。我永远是那个你的。……”

亲嘴。

一刻钟之后他们踱了出来。想喝茶，可是那些茶座都已给占满了人。

他们慢慢走着，瞧着喝茶的那些男男女女。他们谈着那个女人头发烫得成了大头鬼，这个女人的眉毛画得打了折。还有，你瞧那个带绿领结的男人，扭得像唱青衣的，叫人长鸡皮疙瘩。那边那个削肩膀的女人……

老柏又点着一支烟。他挺着胸脯：他老实有点感到骄傲。他的骄傲可不是没来由的：他常分析他们的那个，他认为一点也没不正确。

她比他小十一岁。本来他不过受了她哥哥托付，对孩子似地照应着她。他像个做爸爸的：他禁止她拍粉涂口红，指导她看些什么课外书。可是后来——他们那个起来。

这谁也想不到：一个做了两个孩子的父亲的角色，一个那么冷冰冰的家伙，他会……

可是——

“我们的那个是很第亚来克谛克的，”他对朋友们说。“她进步得真快。我们将来……我现在叫她先认识认识这世界，叫她……然后走上这条必然的路。……”

他瞧瞧朋友们的脸子：他生怕自己说过了火。

其实顶懂得她的当然是他自己。她现在已经在跟他合作：他计划着一部分析中国社会结构的大著作，她就自告奋勇要给他整理一部分材料。

不过她着手得很慢。

“那些东西整好了没?”

“什么东西?”——她一下子想不起来。

“哪，皖北那几县的——关于高利贷，关于佃租什么的……”

“没哩，”她笑笑。

“干么还不动手?”

她就轻轻叹口气。

“我什么事也干不下，只是想着你……”

“嗳，你不至于做个恋爱至上论者罢。”

“我知道不对，可是……”

每回见面总得问一遍，星期二那天他又提起这回事。

没动手。就是他给她的几本书也没看完。

在个小饭馆拣了座，老柏就把家漩的两臂抓着，告诉她——除开两性间的那个，还有更重大的事。

“你得老记着我为什么会那个你：我对你的期望……”

这句话反复了好几次，然后亲她的脸，一直到店里的伙计进了门他才坐到自己椅子上。

可是十点钟回到自己的住处，老柏又想起还有许多正经事没跟她谈。

“凤阳那几县的材料非常重要的，”他像对人说着似地在肚子里说。他打了个呵欠。

当时并不是没想起，只是太噜苏了怕她不高兴。

“她还有孩子气，往后总得……”

他想上床。可是觉得有什么拖住他似的，他又回到了桌边，点着一支烟。

一大堆事可不是今晚上干得了的。许多信没回。劳工法的讲义得赶快往下写。他还得跟许多人去谈话。桌上还放着一个学生写的关于远东情势的文章，他压根就没翻开来过。

电灯上钉着几个小虫，他就觉得他心脏上也钉着了一些虫子。

嘘了口气，把没写完的恋爱论拿来看一下。他打算写得非常通俗，非常趣味，叫谁也读得懂的。可是这儿的那些文字全不对劲：像他的劳工法讲义那么没点儿生气，还堆上了许多术语，有些句子里排着三四个子句长得叫人透不过气来。

“对不起，得重写。”

可是忽然又有点灰心：叫他写这类文章未免太不合式。

于是这篇文章一直耽搁了两个多星期。他下课回来只想到写信，想到把讲义干下去。不过他没动笔：他打了个呵欠，顺手把那学生的文章拖过来。

什么地方有人睡午觉，牛叫似地打着鼾。

他又打个呵欠，霎几下眼睛，瞧着那篇东西。

那字小得像些蚂蚁，一行行在纸上爬着。每个字都是左边高右边低，长脚长手的。

“他准是学的康有为的字，”他想。

忽然他非常烦躁起来：他想到的许多要做的事都没做，就像给被窝紧蒙着脸似的难受。

还是赶快把讲义弄起来罢。

他在书架上找书。

书架永远没有干净的一天，东西横的竖的乱堆一起。还有很多烟灰：不知道什么时候那烟盘斜在一堆纸上。

刚把烟盘拿回到桌上，来了电话：家璇的。

“你干什么还不来?”

“不是约好了明儿来找你么，”他眉毛轻轻皱着。

“呃，今天。约好的是今天。”

接着她告诉他——她不放心，她什么也不做地那么等了几个钟头。她说得很快很尖，一个不留神就得把一大串话溜了过去。

“你到底来不来，要是没工夫的话……”

“好罢，就来，”他叹了一口气。

又到了她学校的那会客室。

他坐到一张旧椅上，把右腿搁上左腿。

许多学生打这儿穿过，谁也得诧异似地瞧他一眼。他摸摸下巴上的胡子，埋怨这学校干么要把会客室当作个过路的地方。

墙上的钟摆响着：一分钟，两分钟。五分钟。

这会客室可不大高明。中间那张大菜桌子全褪了漆。那些椅子上说不定还有臭虫。墙上挂着些颐和园的照片，玻璃成了黄色，密密地铺满了黑点子。

老柏懊悔没带本书来。他打个呵欠，他想在那张大菜桌上睡一觉。

二十分钟后——家璇到底到了他面前。

她的话很多。她告诉他一整天没做事。

接着第二步：他们商量着到什么地方去。

“对不起，你们这会客室可太……”他打了个呵欠。“到哪儿去走走罢。……今天非你说不可：哪儿去。”

“随你。”

“这真比写文章还难，”他两手交叉着放在后脑勺上。

“你今天怎么没精打彩似的？”

“嗳，累得慌：睡眠不足。”

这天他们上了北海。他们钻着山洞，谁也没言语。

“啧，真是。你今天怎么回事。”

“我想着一件事，”他嘘口气。接着谈到那个学生的文章。“他把日本内阁跟军人对华政策的不同，解释成资本主义跟封建势力的冲突……”

女的忽然站住，把他身子挪过来对着她。

“每次你总是心不在焉的样子，譬如是……譬如是……”

停停。

“你跟我在一块的时候你感到厌倦，我知道。你对我已经……已经……”

她眼睛往上移：眼睛里堆着水。

男的想，她需要温柔。

于是结结实实温柔了一番。他捧着她的脸：脸是长长的：他打额头那儿亲起一直亲到下巴上，很费了点儿时间。

他眼睛在她脸上移来移去像在爬山。尖尖的鼻子是山巅。额骨呢，一块大崖石。什么都瞧得格外分明：那一脸的肌肉是一条条细小的短短的皱纹结成的，上面铺着黄色的汗毛——可是一到了嘴边就黑些粗些，像胡子一样。

这会儿他的嘴唇正钉在她眼睛下面，这儿有三粒雀斑。这下面呢：两个淡红的小颗子，隔得远远地对着。于是经过一颗痣，再经过一点路程，就到了嘴边。嘴唇密密地结着皱，像一块生牛肉。好了，再过去是下巴：不错，就是那长着几个面疱的。

“你真的爱我么?”她仰着脸。

“我真的那个你的。”——啵，啵，啵。

于是休息一会儿，他工作做累了似地透了一口气。过了四五秒钟，四片嘴唇又钉在了一块。

他嘴是辣的：他刚抽过烟。他舌子是粗的，像猫舌子。

她嘴里有种像散拿吐瑾的味道。

各人的嘴还原之后，他就问她今天吃过什么东西。

“吃什么东西：连饭也吃不下，”她轻轻地说。“我老是想着老是害怕，我总觉得……譬如是——譬如是——是个不好的预兆。……”

“不好的预兆？”他打了个呵欠。

她结实瞧了他一眼：

“呃，不说了。真是。”

女的慢慢走起来。男的跟着。

“嗳，有话就说罢，”他两手放在她肩上。

没说。沉默。

忽然——她伏在他胸脯上哭起来。

男的抚着她的脑顶，一面挺吃力地想：

“对不起，她需要温柔。是的，是的，她需要温柔，嗳。对不起，她可真……”

他就用有疤的那边脸贴到她头发上。

她还那么抽咽着。她感到心头空空洞洞的要一个什么东西去填满它。她讨厌老柏近来那种劲儿：他一高兴就敷衍她，不高兴的时候就老没精打彩的，老打着呵欠。就是那句话：他不把她当回事。

“你不知道我怎样的对你……对你……我太爱你……”

可是他就压根没那回事似的。他只记得那些材料，只会谈那套理论，什么什么的出路，叫别人别拿恋爱去耽误正经事，叫别人别做出那付爱娇的劲儿。

她希望他俩老是在一块——搂着不断地亲嘴。他得发疯似地说着“我爱你”，“我爱你”。他得把她当做全宇宙顶重要的东西。

可是他连那些字眼都要避免，只是——“那个”！“那个”！

“他爱得太随便，”她一想到就得掉下泪颗子来。

譬如说罢，他来找她的时候故意那么——瞧瞧他那胡子，他那头发，那双鞋！

有时候她可就发起脾气来。老柏一问那些书那些材料，她就大声嚷：

“真是！见一次问一次，腻死了！你简直把我当作什么事也不懂的家伙。你简直是——简直是——是侮辱我！”

“嗳，问都不能问么：我瞧你近来……”

“我被你侮辱惯了的，我被你……”她哭。“你老说你丑，你分明是挖苦我丑，你老是……”

“怎么回事，你……”

“我知道，我知道：我什么都明白，你别当我傻子。……你狡猾。你分明不爱我。……可是你的方法很巧妙：你说什么不要把恋爱耽误了正经事，你说你有许多事没做，这样你就可摆脱我，你可以……你可以……”

她想他会一把抱住她。可是不。

“什么，”他脸绷着。“假如你这么想，那可……”

“你明明不爱我，你明明……可是你有大篇理论来做辩护，你当我是……”

“这你可连原则上都……”

“又是那一套，又是那一套，你要是……你可以走……”

男的叹口气。

“那还谈什么!”咬着牙说。“我到现在才知道你是……”

戴上帽子就走。

女的追。

奔了那么一二十丈远，女的跑上去搭他回来。

“怎么?”他站住。

“刚才是我说着玩的。”

她笑着。身子摇着。脸斜着瞟着他。揩揩眼泪。

于是他又说了那么一套。她相信他的。谈呀谈的又问到那些书那些材料。一面他长长地嘘了一口气。

还是什么事也没做。

“这么着可真不是个劲儿：你得克服。”

“唔。”

“那些个材料你还我罢，我交给别人去……”

“不，”她放娇地摇摇脑袋，连身子也摇了起来。

男的耸了耸肩。他想叫她往后别那么扭扭摇摇的，可是不好怎么开口。

那些材料就在家璇那儿搁了一个多月。见一次问一次：他问过她十二次。

老柏每次都回得很晚，在洋车上打盹。一想到什么事都没做，他就着急起来。有时候想发脾气，可是不知道这应当怪自己，还是应当怪别人。他上床好一会睡不着，耳朵边老叫着她那说得又快又尖的一大堆埋怨话。

“真糟糕。”

朋友一问到他——他就这么句话。

“怎么？”

他皱着脸说：

“她要温柔：除了温柔就没有世界似的，人身上怎么出得那么多温柔呢。精力总得用在更重要的一方面呀。”

他去找她的时候就老觉得有个重东西压在他脑顶上。不错，他得安慰她。他得想出散步的地方来。他得搜出一大堆话来说。他得忍住呵欠，而且不提到那些要做的事。

于是亲嘴：这成了例行公事。他一面抱着她一面想：

“将来同居之后一天得亲几次嘴呢？三十个。……对不起，也许是三十五个。”

要是少了一两个她准得哭，“你分明不爱我了，你分明不爱我了。”这么着他就得把那些纸张推开，一把搂住她——也许还得打翻了蓝墨水瓶，书上纸上都弄得乱七八糟。

“对不起，将来我得用墨盒子写字。”

他瞧着她眼球上那块青的。

“为什么忽然想起这个来？”

“没有什么，”他把右手合在她左手上——比她的长半寸。

她在数着他的眉毛似地钉着他的脸：他眼角上刻着几条横皱，像蚌壳上面的花纹。眼白上有几条红丝。眼黑空洞地对着前面的地下。

“我看出你的确厌倦了，”她拼命装着平静的声调。

男的瞅她一眼，舌子给拴住了似的：

“我觉得我们这么下去……嗳，真糟糕，我每回来找你——我老觉得是——是——还一笔债似的。……”

沉默。

他掏出火柴来点了烟。

“你现在简直什么也没做，这么下去……我呢可也一大堆事搁着，我一想到我就……”

家璇捡起地上那根用过了的火柴，一段段把它折断。

“我知道你的话对，”她瞧着手里一根根两分来长的东西。她手指被弄成了黑的。

“这么着两个人都没点儿好处，都受了阻碍。”

说了他吐了个烟圈。

她拿右手扇去鼻子跟前的烟，费劲地笑了笑：

“解放罢，那么。”

停了好一会儿他俩没开口。

烟卷还有一半，老柏可把它摔掉了。他站起来。

“我真得做点事，我真得……我那儿的……嗳，这么下去怎么办——什么都丢了，要紧的事……”

“那你去做你的……你上我这里来——耽误了你的……”

男的满脸皱纹都打着结。停了会儿，他猛地抬起脑袋来：

“咱们隔些时别见面罢：我得……”

她的眼睛发亮。

“好罢。”

一直沉默着。

分手的时候他们亲了很多嘴：对不起，说不定不止三十五个。

家璇圈着老柏的脖子：亲他耳边的疤，亲他眼角上的皱纹，亲他下巴上的胡子。她闻着他那股大葱味儿，烟味儿，头发里的油垢味儿。

老柏的亲嘴也比往日上劲，不过还是装成一副斗鸡眼在瞧她的脸。他觉得她今天比哪一天都可爱。

嘘了一口气，老柏开步走。

她站那儿瞧他走。

“老柏，”忽然她颤声叫起来，赶上了老柏一把抱住他，逗得他呼吸都不大灵便。“我觉得这是……我觉得现在最后一次，最后……你……咱们再吻一次。……”

她下了死劲忍住她的抽咽，鼻孔里嘘嘘嘘的。

他的脸贴上她水渌渌的脸：满嘴的咸味。

老柏跨上洋车的时候已经十二点钟。街上的店家都把门关得紧紧的，再也想像不上白天里那种热闹劲儿。什么人也没有，只有一个巡警像木杆似地桩在街上。

“解放了，对不起。”

他心脏忽然酸疼起来，他几乎要叫洋车打回头。

“对不起，请克制一下。”

第二天他什么也不想，只安排着回来之后做些什么事。可是有时候也会触到“那个”上面去。

“真糟糕，”他说，“谁都以为自己的那个是对的，是了不起的。老张你说惭愧不惭愧。可是我和她在生活上……”

他点上一支烟，坐到桌子边。咂一下嘴，他轻松地嚷了起来。

“对不起，得做点工作了。是的，得做点正经事。是的，是的，对不起。嗳。”

移 行

一

台灯的流苏给风飘得一荡一荡的。桑华瞧窗子一眼，又把眼睛钉到台灯上：她的脸子给映得像一颗山楂。

窗外有谁在唱昆曲。桑华轻轻皱一下眉毛：嘴里忽然有了许多唾涎，仿佛在吃着酸梅子。于是她拈一粒糖送进嘴，说起话来就含含糊糊的：

“六姐你往下说罢。”

那个所谓六姐正抽着烟，眼睛钉在一幅画上。

“唔？”六姐转过脸来。“我刚才说到了什么地方？”

“你对我的批评。”

“唔，”那个把身子坐正点儿，敲了敲烟灰。“你的生活好像是，我说你……”

桑华紧瞧着那位六姐，不过有时候也得瞟镜子一眼，瞟一下就得把自己的姿势稍为改动一下。她把嘴里的糖轻轻嚼着：不叫出点儿声音。她每逢别人谈到她的时候就拼命注意着。她爱别人批评她。

谁都夸她好。她有钱。她喜欢热闹：湖上唱昆曲的那批男男女女就是她请他们到她这别墅里来过夏的。

还有呢——

“桑华好像天生的就这么高贵。”

从前她和她老太太过着清苦日子，可是她并没半点小家气。

有些人就叹口气，羡慕她丈夫那些橡皮买卖和糖的买卖，那些银行里的存款。并且她花钱的方法挺有道理：

“她真会寻快活。做人做到像她这样就再也没什么缺限了，她真是。”

那些话并没说过火。桑华一听见别人谈到她，她就得拼命把得意的颜色关到肚子里，装出挺小心的样子，像小孩子在等着挨骂似的。有时候她可忍不住轻轻笑一下，肩膀也就跟着扭一下，然后就瞥镜子一眼：看看脸上的红粉给汗洗走了样子没有，坐着姿势够不够漂亮的，等等。

这回她躺在沙发上的姿势正合式：唔，不用改动。只要注意地听着就成。于是她就紧瞧着六姐那张动着的嘴。

可是她有时候想了开去：

“男子跟女子的分别在哪一点呢，像六姐这样……”

六姐这么个怪人——不男不女的。脸子就只是一张脸子，一点人工加上的花样都没有。头发剪得很短。腰板挺直。哇啦哇啦谈着。她说起话来就像有根绳子拴住着你——叫你跟着她走。

话锋转到了这年头的那个。

“瞧瞧这年头儿!”六姐吐了一口烟，给风吹得潮似地滚着翻着。“你到底想过没有：你这种舒服日子还能过几天，嗯?你做人不是方法，我说你……”

停停。

“我说你是故意不去想外面事，连报纸都不看，瞧一个劲儿躲在别墅里。就如现在橡皮跌了价，那你们……外面的事你不敢去想，一想到就未免太煞风景，是不是。其实像你这种聪明人……”

她瞧着桑华的眼睛。

桑华的眼睛钉着她自己的手：指甲是朱红色的，油油地发光。她挺有礼貌地吞了嘴里的糖，嘘一口气。

“别谈那些罢。……我是——我是——活一天就享一天乐。”

“一个大变乱一来呢，那你怎样去……?譬如像一二八那样……大变乱什么时候到来是没准儿的，也许几十年之后，也许很近——也许明天。……也许你们那橡皮生意……”

“明天!”桑华把眼睛抬了起来。“那我就宁可死：

明天来我就明天死。”

那个笑了一笑，站起来对着窗子站着。过会她掉转身子把脸对着桑华。

“五叔五婶给你的那种教育大概很有点分量的，”她说。“他们只有你这么一个女儿，他们就把你造成一个……”

“造成一个什么？”桑华习惯地瞟镜子一眼，可没移动一下她的姿势。

“一个什么：一个娇小姐。”

桑华微笑起来：

“怎么呢？”

“怎么：他们什么都依你，叫你快活。他们教会你种种的小姐劲儿。他们把你弄成个怪高贵的娇小姐。然后——然后——嫁给一个大阔老，那你一家人就都挺舒坦，挺……”

“呃，那不。我没这么听话：那年爹爹要把我许给一个什么金家——我不是怎么也不肯答应么。你知道的。”

站在窗子边的人把烟屁股往窗外一摔：

“现在呢？”

“嗯，那是两回事，”桑华的脸发着热。“现在的结婚是我自己的那个，我自己的……”

六姐那些短发给风吹得披到额上，她用手掠开一下，就回到原来的椅子坐着，把右腿搁上左腿。

“你现在这种生活哲学当然是你小时候所受的教育的结果。不过我不知道你这十来年是……”

她紧瞧着桑华的脸，用种满不在乎的样子说着话。她虽然算是桑华的堂姐，看着她长到十几岁，可是近十年来没见过面。只听说这位娇小姐还没读完大学，找着个职业混了些时。六姐就猜她这十来年所受的教育也不过是这么一套：只是现在这种太太生活的准备。

“你一定是，我猜你准是给小姐气氛包得紧紧的。什么事也不知道：你只准备着现在这种结婚生活。你的结婚是跟你那种生活哲学一贯的，是一种自然而然的……”

只是桑华忽然站了起来，斩铁截钉地打断了她：

“嗯，那完全不对！”

“不对？那么你……”

“唵，不对。我跟他的结婚是……是……我们并不像你说的什么自然而然。我还是为了——为了——为了那个才跟他接近起来的，为了……”桑华挺庄严地站着，可是没忘了要摆个好看的姿势：这已经成了她的本能。腰板轻轻弯着。手撑在桌上。右脚用脚尖顶着地。

窗外湖面上那唱昆曲的声音被风推了进来：屋子里的人于是想到那胖子在哭丧着脸榨出这些腔调，还淌着汗，脖子上的青筋有三分来高。

六姐就皱了皱眉毛，像在分担了一点儿那胖子唱曲子的痛苦。

可是桑华还一个劲儿让她的脸子庄严着，把刚才那句话重复着：

“我跟他接近起来还是为了那个，为了……”

“为了什么?”

“为了——为了——为了革命。”

“为了革命?”六姐老实吃一惊，身子也给震了一下。“你从前是个革命者么?”

“唔，革命者。”

革命者，她从前！而且……

六姐傻了似地瞧着她，又瞧瞧桌的东西：糖果，台灯，剩了半杯的威士忌苏打：要是没有这些——桑华可活不了的。

“想不到吧?”桑华刚才那付庄严劲儿全给放松，嘴角上扯起一丝勉强的微笑。接着轻轻嘘了一口气。

谁也得当她是开玩笑。她每天总得有四五个钟头花在脸子上做工夫。她不论到什么地方总得邀些亲戚朋友什么的来给她消遣：喝酒，打牌，再不然就跳些什么，唱些什么，她一个人的零用每个月总得花上一千两千。她差不多每年要买一辆新汽车。可是她说她从前是革命者，而且她跟她丈夫……

“不过那些事我不愿意再说：过去的让它过去罢。”

她抬起膀子来兜着风，眼对着窗子：屋子里那么亮，那面的月亮就显得没一点劲儿。她知道六姐在瞧着她。可是她老不放心似地要瞟对方一眼。可是两双眼一对着的时候，她又把视线移到桌上：顺手就拈起一块糖来。

“怎么你们的接近是为了革命？”六姐问。“你不愿意说，是不是？”

“嗯，也不是什么不愿意说。啧！”她就无可奈何地笑一声，脖子也跟着扭了一下。“每次一想到从前的事我心里就会……就会……”

她移着步子到窗子跟前，抬起脸来瞧瞧月亮。

月亮像一瓣肥肥厚厚的橘子，摆在天中央。

从前——也就是在这么一瓣橘子似的月亮下面，她跟连文侃常常靠得很紧地走着那些脏巷子过的。

二

连文侃比她高一个脑袋。他的手老是冰冷的，掌心上有许多汗。她的手被他抓着，就像给个铁圈箍住了似的。

两个人的影子倒在地下变成了一个：钉在脚下跟他们走。

那瓣橘子似的月亮也跟着他们走。

“你一定有把握么？”——连文侃像在咬着牙的声音。

“嗯，这是……这是……”她笑了一下。“这只要有技巧。”

“不是这个意思。这没关系。我说的是……”

前面有一个大块头走了过来，他就住了会儿嘴。

桑华忽然全身感到一阵冷，打了个寒噤。她觉得对面走过来的那大块头身上似乎在发射一种什么毒气，逗得她气都透不过来。一直等那一大坯跟连文侃擦了一下膀子走过去，她才偷偷地回头瞟一眼，轻轻嘘了一口气。接着她就瞧瞧她同伴的脸。

那个还是原来的样子，脸上的肉一丝也没动。他只把刚才的题目谈下去：

“我刚才是想问你——你筹钱到底有没有把握，在那个姓……姓……姓什么的呀，那个人?”

“李。”

“哦，李。你在那姓李的那里是不是一定可以……呃，那姓李的知不知道你?”

“当然不知道，”她又笑一下。“不然的话——一切的技巧都没用了。”

她想等他笑一下，再不然就得谈到她所谓那“技巧”。她瞟他一眼，身子更靠紧他一下。

可是那个没一点表示。他紧紧闭着嘴，眼瞧着地下：像在发楞，又像在想着。有时候步子跨得太大了些，两个人的脚步一乱，桑华就给挤得一摇一摇的。

“小胡一定在家么?”她小声儿问。

“一定在家：他今天在床上躺了一整天。”

桑华眼前浮起小胡那张青灰色的脸，眼睛下面铺着咖啡色的雀斑，她叹了一口气：

“他那个病真要医一下才好哩。”

“怎么医呢，”连文侃还是绷着脸。“生肺病的多着哩，大家都去医病养病——那工作谁做。这是……”

女的牙齿轻轻咬着自己的舌尖，下颚在颤着。心脏上像有根什么东西在刺着，慢慢地往深处里钻。她仿佛瞧见小胡咳出一口痰来——淡绿色，还带着血丝。她胸脯就像给缚住了似的。

“你身体也要小心哩，”声音有点颤。

“那怎么顾得到，”男的用鼻孔笑了一声。“反正总有一天死的：不死在病手里就死在北老儿手里。”

桑华又叹了口气：叹得很轻——不叫别人听见。接着她又咬咬自己的舌尖，咬呀咬的忽然觉得舌子渐渐涨大起来。里颚也变得有些分量：重重地只是要往下面掉。她用力撑住劲，它就哆索得更厉害。

“小胡还能活几天?”她想。

一到了小胡那里，她全身的肌肉就颤动了一下。

小胡在发热，青灰色的脸上有点红。他一咳嗽，脸就皱得紧紧的，全身也都抽动着。咳出了一口痰，他才觉得轻松了点儿，把脸仆在枕头上，闭着眼喘着气。接着他又跟连文侃谈起来。他嗓子是嗄的。

屋子里弥漫着一股臭味儿，仿佛那些桌呀凳的都涂着小胡那口带血的痰。

连文侃坐在小胡床上，跟他说着话：小胡一咳，他就得停一会儿。他告诉小胡：桑华有个机会能够筹一笔钱，这么着目前的一个大困难就能解决了一半。

于是小胡吃力地把脸抬起来，冲着桑华笑了一笑。

桑华坐在靠窗的一张凳子上，正把手绢遮着嘴和鼻子。她跟小胡的眼睛一对着，那拿着手绢的右手就放松了一会儿。

“要是没办法筹钱，现在这斗争是无法持续下去的，那是……那是……”小胡喘着气。“还有被难的那些同志也是要……”

又是没命地一阵咳，全身都在抽动，仿佛要把五脏六腑都一口气咳出来。脸给涨得更红，青筋突着有两三分钟。

“要不要喝点水？”连文侃问。

小胡痛苦地动动手：也不知道是表示要，还是表示不要。

坐在窗边的人就像给叫醒了似的，她伸手到桌上去拿热水瓶：里面可是空着。于是她瞧瞧连文侃，一面把水瓶小心地放到桌上。

“我去冲点来，”连文侃提个铅壶走了出去。

那张板床给小胡震得格勒地响，一直到小胡咳出了痰它才安静点儿。

于是小胡又把脸仆着，张大了嘴在吐气。他眼睛半闭着，可是过不了一分钟他又拼命张开：瞧瞧桑华那张难受的脸。他微笑一下，似乎在说他的病是不妨事的。

"工作要是顺手，就能像香港一样，给他们……给他们……"

他喘着歇了一会，又抬起那张瘦脸来：

"只要能维侍，现在这局面是……是……你大概能够筹多少，那个李什么的不知道你的关系么？"

桑华摇摇脑袋：

"那李思义——我跟他是在我姨母家里认识的。听说我姨母想叫他做女婿。那家伙只知道我是我表姐的表妹，别的什么也不知道。不过——不过——不过他很巴结我。"

她笑了起来。接着说那姓李的很讨厌，可是她得不管那么多，只要达到那个目的。她可以对他用点技巧。

于是第二天她跟李思义一块儿吃晚饭，还喝了许多酒。他们到兆丰公园散步，听音乐。她那张脸给粉呀胭脂的涂得像颗熟杏子。她老是笑着。

"今天月亮真好呀，"李思义吃力地逼着一口台山官话：他每一句话的语尾总得加个把口傍的字，而且拖长着声音，像在故意开玩笑。"你是不是快活呢？你有没有吃醉呢？我们要不要在这里坐一下呢？”

“嗯，好罢。坐一坐。”

要站起来走的时候，李思义就弯着一条膀子伺候着：让她把她的膀子挂上去。于是他就挺着他那大肚子，挽着她的手臂踱着。

他年纪大概四十上下。脑顶有点秃，可是头发还梳得光光烫烫的：他不时用他右手无名指去搔头发。跟人一提到在南洋的橡皮买卖和糖的买卖，他眉毛就得动起来。可是他对小姐们不大谈那些，只是把眼睛眯着，手摸摸大肚子，叹口气说这世界上了解他的人太少。

“人家不了解我呀。人家都说我肥，其实我哪里肥呢。我不过肚子大呀。”

他接着就告诉别人：他肚子是喝啤酒喝大的。

桑华瞧一眼他那光油油脸，那排有点突出的牙。她想到她表姐总有一天得偎在这么一个人的怀里，她就忍不住要笑。

“你为什么笑呢？”李思义挺温柔地问。

“我笑宝真。……她要是看见我们——她会吃醋吧，你说是不是。”

那个叹了一口气，用右手无名指搔搔头发，接着又把头发理一下。

“她不会了解我呀。……你呢，你是……你觉得我怎样呢？你是不是讨厌我呢？”

她笑了一笑，把挽着的膀子挟紧了点儿。脚也踏得起劲起来。

风吹到身上，她觉得自己浮在了云端里似的。一些什么东西的香味儿往她鼻孔里送，她感到舌子上有一阵甜。可是她辨不出这还是花香，还是草香，还是人造的香味。

许多游人在慢慢地踱着，脸上都显得那么轻松，仿佛这世界上就没叫人操心的事，也没使人吃苦的事。

桑华嘘了口气：

“真美丽呀，这个世界！”

她几乎是跳着似地走着。嘴里话也多了起来，用不着笑的时候她也笑出了声音。她全身的哪一部份都活动着来帮助她谈话的表情：一会儿扭扭脖子，一会儿把左肩耸得高高的。要掉转身来走的时候，她就用着瓦尔兹的步子。

“在上海居然也有生活。嗯，我平常是……我平常是……”

“你是不是喜欢上海呢？如果不是同你一起玩，那也没有什么……”

“唷！”

李思义舐舐嘴唇，眯着眼睛瞧她一下：

“唉，我觉得只有你是……”

“是什么？”

“只有你是了解我的呀。”

停停又把脸靠着近她点儿：

“是不是的呢？”

女的只笑了一笑，顺手摘下一片树叶子。

前面草地上有几个孩子在打滚。一个八九岁的抓一把沙洒在他同伴身上，两个孩子就打了起来，一面嚷着笑着。

“这里的人都是自由自在的，”她想。

她仿佛许多时候被人用什么堵住嘴呀鼻子，现在可一下子解脱了开来。她又回到了从前的那些日子：任意地尽她玩，尽她吃，尽她跟同学们谈着神话似的将来。只是为了要使她快活，叫她过得舒坦，所以才长出这世界来的。

“我小时候顶顽皮，脾气顶坏，”她软着嗓子说。“你看我现在……”

“现在不顽皮呀。现在你还顽皮么？”

“嗯，怎么不顽皮！”她脖子扭了一下。

现在她可希望别人说她孩子气，说她天真，不懂事，活泼，等等，一面她问出些大人不会问的话：要是那男的一个不留神答得不对劲，她预备马上就把嘴堵得高高的给他看。

可是她没堵嘴的机会：那个老是奉承得好好的。

月亮给薄纱似的云挡着，地下的影子就模糊起来。

风也大了点儿，刮得她的衣裳飘着叫着。

“你冷不冷呢？”——一只肥肥的厚手搭到了她肩上。

“不大冷。”

“要不要送你回去呢？”

回去！——她心往下一沉。那男的没知道她的真住处，只以为她还在学校里。

“嗯，不回校去了，”她吃力似地动着嘴唇，“送我到姨妈家去罢。”

上了车，他把光油油的脸凑过去：

“我如果能够给你永远服役就好了。是不是的呢？”

桑华不言语。

“要是今天同玩的是文侃就好了，”她肚子里答。

可是绝对没那回事的：今天这么玩一次可花了不少钱，也花了不少工夫。

那件事她还没向那姓李的开口。她约他明天见面。明天她得对他扯谎：譬如说她要买件什么东西，再不然就是——“我有些债务急于要还”。……

她瞅着他笑了一笑，就闭着眼。

“今天乐了一个下午。”

可是这是有目的的，只像演了一回戏：这真有点那个——所谓煞风景。在今天这时候她老实感到轻松，感到快活。可是一会儿就过去了：一会儿她还得回到她亭子间里去，偷偷摸摸地活动着。……

不错，还有明天一天哩。

她累了似地叹了一口气，张着眼睛问：

“你明天几点钟来找我？”

又是晚上。月亮长胖了些，像大半个橘子。

有四五个人在小胡屋子里照拂着小胡。小胡在放瀛似地吐着血。

桑华坐得离床远远的，她不敢瞧小胡一眼。可是等小胡一咳，她又忍不住瞟过眼睛去，她就气都透不过来，拿两手掩着眼睛。

什么都静悄悄的。上十只眼睛紧张地瞧着病人。

“他完了，”大家都这么想。

连文侃拿一些臭药水洒在地上。老徐扶起病人那瘦小的上身，让他半躺着。叶阿信坐在床沿上，两手拖着小胡的尖下巴。

隔什么两三分钟小胡就得咳一声，跟着嘴里就潮似地冒出一口血。叶阿信两手就接着这捧血，洒到个小面盆里。大家都不叫小胡动一动：一动就吐得更厉害。

被窝褥子上都洒着血点。小胡的下巴和鼻孔下面都涂成黯红色，像用旧了的朱漆桌子。他眼闭着，蜡黄的脸上一点表情没有。只有咳的时候就全身抽动一下，于是哗的一声冒出血来，嘴边又变成了殷红的。

连文侃着急地看一下桌上的闹钟，嘟哝着：

“医生怎么还不来?”

大家互相瞧了一眼，又把视线避开，似乎在说：医生来也不大有办法。许多脸都绷着，瞧瞧小胡，又瞧瞧小面盆里的那些血——和着臭药水，变成了很混杂的颜色。

“咳!”

那个叶阿信赶紧用手去接着小胡的嘴：血冲到了他手上，两只手中间的缝隙里漏出一条红丝注在被窝上。

小胡使劲把眼皮睁开来，要用眼珠瞧瞧大家，可是没这力气。他淡淡地笑一下，这笑叫人看得哆索。血模糊的嘴唇动了好一会，才发出了一点声音：

“你们……你们……”

“不要说话，不要说话，”连文侃走过去轻轻按住他的膀子，脸跟脸离得很近，像在哄孩子似的。“不要动，不要动，千万。……真是！不要动啊，我的爷！……安静点罢：有话明天再说。……”

可是小胡仿佛有什么事不放心似的：他想挣扎。他心一跳，于是又一声咳，又一大口血往外射。

桑华忽然恐怖地哭了起来。她拼命要叫别人不听见，她就拿手用力地堵住嘴。可是没办到：嗓子里在咕咕咕地大声响着。

其余的人猛地回过头来：脸刷着空气，似乎还听得见豁的一声响。

“怎么回事怎么回事，”连文侃走到她身边。“给病人听见很不好的，他又会……”

“我受不了，我……”

她全身颤着，指尖发冷。

“连同志你送桑同志回去罢。”

桑华那双腿软得撑不起一点劲，连文侃带抱带拖地扶着她走。她用手抹抹脸，忽然抓紧了拳头，压紧嗓子叫着：

“这算什么，这算什么，这种生活！人生……人生……这么苦，这么……这么……到处有危害，到处有死亡，这种……”

“别嚷别嚷，”他抓紧她一下。

“人生为了什么！这么偷偷地躲在地下活动着，一点自由也没有，一点……一点……小胡——他一辈子完了，他得到了什么，他只是……”

“别嚷啊，我的爷！”他紧紧地扶着她，加快了步子。

一回到桑华的亭子间，桑华可又嚷了起来：

“人生为了什么，人生！……像小胡那样：痛苦了一辈子，又这么死得……死得……看着这许多活生生的青年，死在肺病手里，死在黑屋子里，这么……这么……”

连文侃一把抓住她的膀子：

“呃，干么这么黑死得痢。安静点罢，安静点罢。”

女的挣开他的手，倒到了床上。手脚都发冷，不住地沁着汗，像刚在水里泡过的，全身的皮紧紧地绷着，胸脯在吃力地一高一低，一高一低。

他眼睛钉着她，轻轻地皱着眉。

枕头边那个火车表在的达的达地响，像在给她急促的呼吸打拍子。弄堂里传着小贩子的叫声——闷闷的：

“檀香橄——榄，卖橄——榄。”

这叫声似乎刺了她一下，她坐了起来。

“算是什么，算是什么，这种生活！”她声音颤着。“老潘他们受了那么些苦，末了死得那么……那么……现在……现在……这就是人生，人生……为什么不好好活着，为什么不……”

“好好活着？——活得了么？只是因为活不了——所以……所以……”他坐到床上，紧紧地闭着嘴，眼睛对着地下。他听得见桑华的心在跳，感得到她在发抖。忽然床轻轻一震：她的脑袋倒在他肩上。

“我常常想……”她似乎在拼命镇静着自己，声调就很不自然。“我想……我想……呃，人活着有限的几十年，怎么要这么去讨苦，这么……”

“你的那种……”

“嗯，你听我说，”她很快地打断他。“怎么要这么苦呢，一个人。我常常想着——想着——想着自由……快乐……光明……公园里换换空气……现在这日子，现在这……我们现在连呼吸空气都……好像是偷着别人的空气来呼吸似的，连阳光也是偷偷摸摸用的，阳光也……”

一直等到她完全闭了嘴，连文侃才开口，他苦笑了一下，就把常对她说的话说起来：

“要自由自在地活着就得……你自己也常说的，怎么你……”

桑华把脑袋抬起来，她的嘴离他的腮巴只有寸把远。

“我们这辈子能够自由自在地活着么?”

“我们这代要是不能够，我们的下代总……”

沉默。

女的嘘了口气。

男的拍拍她的背：

“你今天受的刺激太深了。你安静下来，把自己分析一下看。……明天上午我来跟你详细谈一谈。”

“你别走。”

“小胡那里……”

提到小胡，她就像给打了一拳似的。

“别走别走！我怕！”

连文侃踱到了床边，像个母亲那么跟她说着好话，叫她静静休息一会儿。

“睡罢，好不好。”

他扶着她躺下去。她融化了似地瘫在床上。深深叹一口气，温柔地瞧了他一会：

“好，你去罢。”

可是又——

“文侃！”她两只手抓着他的。“嗯，我刚才简直疯了，真是所谓：……下次你要毫不客气地说我骂我。……”

瞧着连文侃给她关了灯，带上房门。听着他下楼，出了后门——訇的一声响，就只有隐隐约约的步声：渐渐隐约到没有。

桑华怎么也睡不着：她老瞧见小胡嘴里喷出来的血。她全身的肌肉都缩了起来。她不敢闭着眼。可是一张开：黑的。只有打窗子外射进了一块方斜的光，不知道是月亮还是路灯。

她跳起来开了灯。开关那么一响，她自己可吓了一大跳。

“谁？”——嘴唇哆索着。

四面的墙仿佛在一步一步逼紧她，外面一些穿黑长衫的大汉子在等着她。……

“我受不了，我受不了，”她又往床上一倒。“何苦呢，一辈子只有几十年，那理想的日子自己看不到，只是……这理想——这果真会实现么？”

她手放到额头上：额头发烫。她爬起来看看镜子：脸上没涂上红的，就显得发青；腮巴子有点陷了进去。说不定她已经有了肺病。……

这晚她做了许多乱七八糟的梦：一会儿瞧见小胡在吐血，一会儿又觉得自己在李思义家里，一会儿又发见后面有个黑影子在钉她的梢。

第二天她没等到连文侃来找她，她写个条子，找到一个女工叫送给连文侃：她要休息一个月，叫他向他们提出。她不管三七二十一地提个小皮箱就到姨母家里去。于是什么可怕的事也没有，只是瞧瞧宝真那又矮又胖的身子，想到自己比宝真可漂亮可爱得多。

三

住在姨母家里已经有一个礼拜。她天天跟李思义一块儿玩着。

李思义虽然太不逗人爱，可是他能够想尽方法叫她快活。她想要什么，只要有点儿暗示，那姓李的准给办到。她觉得姨母对她有点不大那个：似乎怕她抢走了她的女婿。可是这管不着：桑华得享受一下现在的快活日子。

这是真的快活，不是扮演。

每晚回来总得到第二天上午的一两点钟。她全身给粉涂着，给酒味儿泡着。脑子昏昏的，肚子里在滚着一个什么热东西，手呀脚的都软软的：不知道是醉，还是疲倦。

当然什么事也没做。连报也不看，顶多翻一下报屁股和电影广告。

“这样的生活……”

咂咂嘴：嘴里有股苦味，干得像咸鱼的嘴。

什么东西——那轮廓都有点不清不楚。耳朵里似乎在叫着，叫声像根铁条似的箍紧了她的额头。她想以后总得少放肆点儿：她还有很多的事要做。

她嘘了一口长气，眯着眼瞧镜子，喃喃地说：

“我堕落了么？”

要是她已经在堕落，那就是李思义的罪过。他引她过那些放荡的日子，尽量地拖她到奢侈的世界里去。他可有目的，也像她前向时对他一样。他在追她：这可是明明白白的事。他知道她的家境没什么了不起，他就带着她到放纵的生活里，叫她快活，叫她退不出来，于是买了她。

那姓李的在她跟前比狗还听话。那姓李的送给她许多古古怪怪的吃的玩的，把她在威士忌里泡着，在茄力克里风干着，在巧格力里蜜渍着，还把她装在新买的道其卡里溜着。

“哼！”

一把推开面前的镜子，像准备打架似地跳起来，倒到了一张沙发上。也不管脸上的那些粉，就拿手一抹。她想发发脾气：恨不得把屋子里的家具打碎，把楼板踏破，跳下去抓着宝真告诉她：

“你放心你放心：我不会抢你的买主的！你卖给他罢！”

现在姨母和宝真那种疑心劲儿，对她那种冷冷的眼色，这简直是——

“这简直是一种侮辱！”

那姓李的对她的那种巴结，那种奉承——

“这也是侮辱！”

她觉得这屋子怪闷的，她站起来要打开几扇窗子。

可是窗子全都是开着的。

又坐了下去，拿手贴着额头。指尖搭在太阳穴上，感得到那儿在一跳一跳的，仿佛有谁可一下下捶着。

要是别人知道她是个战士，他们就得发觉对她的那个只是白费疑心，白费打算。

“我能上他的钩么？”

窗子外面有风流了进来，她舒坦了点儿。她换上睡衣，拖上拖鞋，顺手在茶桌上拿一支茄力克点着。

身上那件睡衣是宝真借给她的。茄力克是李思义送给她的。

虽然她发过脾气，她可没那傻劲儿——要把这件睡衣剪破，把茄力克摔到窗子外面，或者把李思义送的东西都扔进垃圾桶。这可不必。能够享受还是享受一下，她只要享受这么一个月。

她对李思义——也不过是利用这冤大头让她自己快

活这一个月。

“只有一个月呀，”她嘘了一口气。

这时候“那边”是怎么个情形？她请的这一个月假也许没有通过。也许他们在说她怠工，在批评她。也许甚至于——开除她。

轻轻咬着舌尖：牙齿也有股苦味。身上像有烧烫的针在戳着似的，疼不像疼，痒不像痒。

她觉得她没有了依归。

把烟在烟灰盘里弄熄，站起来走到窗子边。

没有月亮。没有星星。一片黑色的天上有些淡淡的白影子在流动着。“嗯，回去看看罢。”

可是第二天她又给那姓李的邀了出去。又是尽兴地玩。有时候念头一触到“那边”，她心头就一紧。她自己不知道这是种什么感觉。是不是有点怕“那边”的生活？还是觉得现在这么着有点对不起谁似的？于是她拼命把这种思想赶走，她就倒出方瓶子里酒来吓人地狂喝着，跳着，大声说着笑着，然后把身子倒在李思义的胸脯上——把那挂着金表练的胸脯当做一张沙发。

“总得好好享受这一个月，”她打定了主意。

这一个月像短短的一生，快活的一生。这一生就得溜过去的。

不过李思义想把这一生延长：他要永远叫她快活。

“我要永远给你服役呀。是不是可以的呢？”

他告诉她——他打算把他所有的那些橡皮买卖和糖买卖都献给她。他问她爱住些什么地方：他得在那些地方造房子。他得伺候她一辈子。一面说一面在搜着顶漂亮的字眼，一句后面那个口傍的字也就拖得更长，于是用右手无名指搔搔头发。

"你是不是肯答应我呢，你是不是……"

两只肥厚的手箍在她肩上，光油油的脸也凑了过去——瞧这劲儿他是想要亲嘴。

桑华推开他，烦躁地说：

"不要这样！不……不不！"

那张给推开的脸皱了起来：

"为什么呢？你是不是讨厌我呢？"

她知道李思义不久又得到南洋去：她一拒绝了他，他会冲着宝真求婚的。

让宝真卖给他罢：宝真那么又矮又胖的一坯，跟他再相称也没有。……忽然——她自己也奇怪，她心头竟感到一种轻轻的刺痛。她就得把她现在这地位让了出来，叫宝真去占着，然后姨母对她桑华骄傲地微笑着：她们——大得全胜！

桑华在吃醋么？——没那回事。她压根就没把这些男女瞧在眼里。可是——她总有点那个的感觉，叫她不大快活：这是连自己都压制不住的。她瞧着那姓李的。

姓李的的表情一点不假。这老实人显见得不知道要怎么办才好：一会用右手无名指搔搔头，一会摸摸金表练。脸上苦着，眼睛一个劲儿钉着她——像生了根。

“你是不是讨厌我呢？”

女的觉得轻松起来：刚才那种刺痛的感觉消灭了。她能够一手抓住这个李思义：要是她不放松，十二个宝真来了也不行。于是她艳笑一下：

“我怎么会讨厌你。……嗯，你这个人真是！”

不管怎么着，她总得把这一个月消受完。还有两个礼拜才满期：这两个礼拜里她得紧紧箍住那姓李的——不叫松半点儿劲。她就对李思义说：她两个星期以内答复他。

给车子送回姨母家，那个小表弟就告诉她有个姓刘的来找过她。

这是连文侃。

“他留条子没有？”

“没有。”

“他没说什么话么？”

“他说他来看看你的。没有什么事。”

桑华皱着眉，慢慢拖着步子往房里走。她眼膜上印着连文侃那高高的身材，那张绷着的脸。他也许在责备她。他说不定是带个什么坏消息来的。

“嗯，我这样真不对呀。”

也没管走不走得开，她就离了“那边”。她过着这放荡奢侈的日子，别人可在苦着干着，吐着血。小胡也许……

她打了个寒噤。

说不定出了乱子。也许有包探跟着连文侃，连这里也给注意着：等她一出去就有几只手抓住她。

外面有步子响。她吃了一惊。

四面瞧了会儿：桃心木的家具给五十支光的蓝色电泡洗得发青。这儿可没文件，也没什么书。屋子里的一切都干干净净，而且发着一股说不出的好闻味儿。这儿没有肺病霉菌。

“这里安全倒是安全的。”

透了一口气坐下来。这儿可能够自由自在地呼吸，也能够放心地享受阳光。

她打算上床，可是姨母走进了房门。

姨母坐在一张摇椅上，托着水烟袋，不住嘴地跟桑华谈着。她问着学校里的同学，谈着现在这年头交个朋友真难。于是笑嘻嘻地说到那个“姓刘的同学”。

桑华满不在乎地瞧着她那张嘴——笑得张了开来，露出两颗长长的金牙。

“那姓刘的同学同你很好，是不是？”

“还算好的。”

那位老太太就夸那“姓刘的”品貌好，将来有出息，听那口吻仿佛是她一辈子才见过这么好的一个年青人。她说一了遍又重复一遍，眼睛老钉着她姨侄女——注意她脸上的表情。

桑华笑了一声，瞅姨母一眼，她肚子里恨恨地叫着：

“用不着来探口气，用不着……我偏偏不爱他！我偏偏要抓紧了李思义不放给你们！”

姨母走了之后，桑华把袜子脱了发气地摔到椅子上。

“哼，我偏要紧紧抓住姓李的！”

还有两个礼拜。她只能把姓李的抓紧两个礼拜。她这种自由自在的没拘束的日子也只有两个礼拜。两个礼拜一过去，她又得回到“那边”去，躲避着别人的耳目，老搬着家。她得忘了她自己，机器似地活动着。无论到了什么地方，她老是那么提心吊胆的。还有呢也许得了肺病。再不然就被人抓去审问着，踹杠压在她那细腻白嫩的腿子上。

“痛苦地活着，痛苦地死去，”她咬着舌尖咬得痛起来。

她参加这种生活只是为了好玩，别人一提起她：“哪，革命者！”于是她痛快地干，痛快地死。可是现在才知道全不是这么回事。只是偷偷摸摸地干，尽干尽干——还没亲眼瞧见成功。

“为了什么呢，为了什么呢：不干就活不了么？”

可是两个礼拜之后她得回去。她并不是想着有要做的事，也不是对那感到有兴味。她只是为了要面子。要是她不肯回去，大家就得批评她，看着她现在这种生活他们就得说：

“我们桑同志卖给那个大腹贾了！”

桑华呼吸急促起来，她紧紧抓着床上那块白褥单。

还瞎想什么：总而言之只有两个礼拜了。……

“完全像梦一样，像梦一样，这人生是……”

似乎觉得她自已给判了死刑，只能活两个礼拜。这生命真太短，影子似地一闪地得过去的。

抓着白褥单的手一放，她脸仆在床上。她肠胃里像有些滚烫的水在流着。她想大哭一场。

“他们能不能原谅我呢，文侃能不能原谅我呢，要是我……”

他们现在怎么批评她：也许他们已经开除了她。

她坐了起来，稍为感到了轻松点儿。她抹一下头发，眼睛空洞地瞧着褥单：那上面有一块给她抓得起了许多皱。

两个礼拜！——这像一颗疮似的钉着她。

可是——她要是不管三七二十一，对李思义那么点一点脑袋，这段梦似的生命就能延长，一直到她死为止。

“能够么。能够么？”

能够是能够的，只是有点儿那个：顾忌。她不愿意别人骂得她太糟。站起来踱着，可是走了两步又觉得拖鞋不合式：太大，似乎不乐意载着她的脚。那件睡衣也仿佛紧得叫人不自在：真奇怪，其实宝真的衣裳，可以装得下一个半桑华的。

她到洗澡间去细细地洗着脸。她齐胸脯以上的一段给映在镜子里。她退了两三步，镜子里的影子就加长了些：打脑顶起一直照到大腿上。镜子里那个桑华在扭着腰，动着肩膀，接着把手伸了开来。这么着动作了两三分钟，又把睡衣紧紧揝着，她那胸脯到腰板子的那一段就显出两条曲线。于是又照刚才那么把全身的关节都运动了一套。

瞧着镜子里那付身段和那些姿势，桑华忽然有点感伤起来。她替那镜子里的人悲哀。

“算什么呢，算什么呢，”她伤心地问自己。

那么一对饱满的圆肩膀，配着那高高的胸脯，然后又打胸脯画两条滑溜溜的曲线直到大腿上：这么一段身材——要说一句“真漂亮！”那可没过火。皮肉也那么白嫩。

可是——她得把这漂亮的身子躲在黑暗的世界里，让肺病霉菌啃着，用些一点也不好玩的危险事务去磨折着，末了还许给塞到刑具里——倒灌水，匝箍，剥指甲。“算什么呢，算什么呢。”

她眼睛一阵花，就赶紧退一步叫脊背靠着墙：身子歪着。

用手把眼睛挡住了一会，又瞟到那面镜子上。她才看见她现在这姿势再优美不过。那滑溜溜的曲线格外配得调和。不管怎么着，她的姿势总是漂亮的：她有那么一付身段。于是她想起美学上有个术语，叫做什么截的。

“截”？——这身子也许会给“截”成两段！

她脸发烫，嘴唇不由自主地在一动一动的。

靠着这么十来分钟，她透了一口长气，四面瞧了会儿，就又回到原来站着的地方。她把热水放掉，注上了冷水，拿毛巾蘸着贴到脸上去。

于是又看镜子。

脸上洗去那些红粉，就白得带灰色。她先前就是这么一张脸子：为了跟女工们混在一起不叫侦探注意，她不搽粉也不画眉毛——让剃掉眉毛的地方光秃秃的，瞧来她那双眼睛就似乎没处生根。

这是连文侃的主意。这就是“那边”的……

思想一触到“那边”，她心头又一阵紧：她仿佛是欠了一笔印子钱。她于是又想发脾气，又想这些磁盆玻璃瓶什么都打碎，然后冲破天花板，一口气奔到连文侃跟前——对他大声嚷着：

“好也是一辈子，坏也是一辈子！……我再也不顾忌了。你们要骂就骂罢，要挖苦就挖苦罢！……不，不能折磨我自己的生命！——那种日子我过不来！……”

一个人尽有自由行动的权利，干么他们要骂她要挖苦她？干么他们不让她自由自在地活着快活着？

冲出了洗澡间，她就倒在床上。她太阳穴跳得涨痛起来，于是拿冰冷的手去贴到额上。

她没有想什么，只是还在愤怒：她认为现在这种痛苦都是连文侃他们给她的。

隔壁有人在嗦啰嗦啰说着话：似乎是姨母在跟宝真谈天。

“多卑鄙，多卑鄙！”她两个嘴角用力地往下弯着。“宝真这么想要卖给他，哼！……我偏不放！”

她骄傲地站了起来，点着一支茄力克。

“偏不放”——她当然办得到。可是怎么办：答应他的要求么？

“答应他？”

桑华楞了会儿。她仿佛又瞧见了那个大肚子，那排有点往外突的牙。那根肥厚的右手无名指搔头发之后，就用那沉重的嗓音说起话来，每句的末了一个字老是拖得长长的：“呀——”，“呢——”，“么——”。

她皱一皱眉，瞧着自己手里的烟。一想到李思义，她就有吃了一勺蓖麻油似的感觉。要是让他挺着大肚子，拿那双肥膀子搂着她，可有点不大那个。他的脸偎着她的时候，她那搽了粉的腮巴上准得沾上一块油迹。

抽一口烟，叹一口气，就连着烟吐了出来。

“要是文侃做了李思义就好了。”

可是她没有再从文侃身上想下去。文侃也许在嘲笑她，在绷着那张冰冷的脸子。于是她觉得李思义老叹着气说别人不了解他是很有点道理的：叫别人了解可不是容易的事。她桑华——就连连文侃都不了解她。

一连五六天，她那欠了一笔印子钱似的感觉老钉着她：逗得她难受，叫她时时刻刻想要发脾气。她仿佛老听见连文侃他们在挖苦她，骂她。于是她决计要跟连文侃详详细细谈一下。

到了连文侃的住处，她心就一阵乱跳。她拼命镇定自己：一面上楼一面想着怎么措词。

可是那扇熟悉的门里只出现了一张陌生的脸子：

“找谁?”

“刘……刘……”她瞧着那张圆圆的胖脸。

“这里没有姓刘的。”

她走了出来：她知道那张陌生的圆脸在疑神疑鬼地看着她。

桑华一连找了好几个熟人，都没找着，只碰着一些疑神疑鬼的眼睛。最后她才找到了一个老朋友：王招弟。

这位老朋友并不表示怎么欢迎，只冷冷地瞧着她，问一句答一句。

忽然桑华热烈地抓着对方的膀子，把脸子靠过去，颤着嘴唇：

“招弟，怎么你……呃，你告诉我文侃的住址罢：告诉我是不要紧的——告诉我。我有要紧事找他，我要……”

那个静静地笑了一下：

“我真的不晓得呀。”

桑华忽然身子一震，心也跳了一下。她想把招弟一把搂住，叫招弟别撇开她；她想对招弟哭一场。可是她没动。这么楞了好一会，她就咬着牙忍住自己的眼泪，离开了招弟。

在路上她的神经似乎有点麻木：也没有什么难受，也没有什么舒坦。

“这不能够怪我，这不能够怪我：是他们撇开了我的。”

第三天她又去找王招弟，带着一封三千多字的长信：请她在遇见连文侃的时候交给他。信拿在手里很重很厚，封得紧紧的，封口还签了两个字母：“S. H.”

这封信她写了两个晚上。她先叙述自己的性格。然后又说到她这种性格跟那种生活太不调和。于是又谈人生。她要自由自在地活着，快活着。“好也是一生，坏也是一生”。她埋怨他们撇开了她，同时又叫他们了解她的生活态度。末了她叫连文侃“多多珍重”，她说她永远想念着他：要是他肯的话，他们得永远保持私人的感情。

写到这里她鼻尖酸疼起来，她就把脸抬起点儿，不叫眼泪淌下去。

“什么时候才能看见他呢，我走了之后就……”

她打定主意要走：姨母家再也住不下。可是不知道要往哪儿跑。她不愿意回家。

这一个月算是她一生顶快活的一段，这一段马上就得过去的。

在这几天她比前几天还难受。她觉得没有地方站得住，仿佛在海里飘着，四面瞧不见陆地，也抓不到一根木头什么的叫自己别沉下去。她想到她脱开了那边，她就有种异样温度的水淋着全身似的感觉：她不知道这件事还是该懊悔，还是该庆幸。

什么都像一个幻觉。苦日子脱开了。可是这怪好受用的日子也得溜过去。她说不定会去进尼姑庵，什么都看得开点儿，这些狂乐的生活让宝真去过去。

以后宝真就得像个皇后似的：威士忌，巧格力，香粉……

以后宝真就得跟姨母笑着，说着，最后的胜利是她的。

桑华跳了起来，两手抓着拳。

“我真傻，我真傻！……我为什么要出让，要……”

于是到了那天，桑华落到了李思义的拥抱里。

她瞧着他那秃了的顶，那张光油油的脸，那排有点突出的牙，她又感到吃了一勺蓖麻油似的。可是她拼命地对自己说：

“我爱他，我爱他。的确的，我爱他。”

李思义那个大肚子很不合式地挺着，那双腿似乎经不起这么重，给压得弯着。他膀子还在搂着她，把油脸偎过去亲她：她嘴呀腮巴的都接触了他那排突出的牙齿：他的牙齿是冷的。

“我提议……我说我们在我到南洋去之前结婚呀。好不好呢？你说是不是好的呢？”

“我没有意见，”她吐了一口长气。

他那排突出的牙齿又先触到了她的嘴唇，五六分钟之后才离开。他喘着气，仿佛领结紧得叫他难受似的。脸上可在笑着，眼眯着她，于是又用肥肥的右手无名指去搔搔头发。

忽然——桑华倒在沙发上痛哭起来。

“做什么呢？做什么呢？”李思义吃惊地说，还带着两成扫兴的样子。

好一会儿桑华才抬起脸来。眼泪巴巴地瞧着那男的，她挺吃力地媚笑一下，颤声说：

“没有什么。”

跟着她又哭起来。

四

湖面上给月光瞧成青灰色，几艘小艇子摇进了烟雾里。

桑华站在窗子跟前瞧着湖心：月亮影子在一幌一幌的。有时候水里咕咙一声响，水面上就滚着无数的同心圆。

她颤着嘘了一口气，渺渺茫茫地想着：

“文侃现在在哪里呢？”

六姐又点了一支烟，站到了她旁边。

“过去的事——你不愿意告诉人，嗯？”

桑华侧过脸来，对六姐抱歉地笑了一下。她一只眼里一泡泪，给月亮映得发光。

沉默。

风吹动六姐的头发，可没吹动桑华的头发——她头发叉上十来个铁东西给坠得重重的。远远的昆曲又给风带了进来。六姐就微笑着：

“黄六先生真是何苦：这么大热天榨得满头大汗。”

“嗯，他爱唱，”桑华用手绢揉揉眼睛。

“而且他老是这么一套：永远是《惨睹》里面那几折。”

“《惨睹》？”桑华似乎吃一惊。可是马上又把脸色还了原：那种“惨睹”跟她是没相干的。

六姐把烟灰拍到窗子外面，瞅了桑华一眼。桑华刚才卖关子卖得一点不放松，她就更想要知道是怎么回事。怎么，他们的接近是为了革命？她从前是革命者？

于是六姐说着大儿子跟一个女同学相爱的事：她不像是在叙述，只是把这当做一个问题在讨论着。然后谈到一般的恋爱，她问桑华：恋爱和事业有没有冲突，这所谓事业，革命当然也在内的。

桑华没表示意见。

“嗯，这问题我没有想到过，”她轻轻地说，像故意要叫别人听不见。

别人可坐到了椅子上，把右腿搁在左腿。吐了一口烟，她又说到李思义：这位堂妹夫她还没见过面。她用种试探的口气谈到一般的结婚生活，于是问到桑华自己。

“你呢，我不知道你是不是像一般人的……”

“嗯，我爱他，我一直爱着他！”桑华发命令似地说。她脸上发烫。

可是六姐当然不知道李思义那种劲儿：挺着个大肚皮，突出一排牙，用右手无名指搔着头发。桑华的嘴上腮巴上似乎已经触到了他那冷冷的牙齿，肩上堆着他那双肥厚的膀子。他越对她讨好，她那种吃了蓖麻油似的感觉就越浓。

“干么要这么想！”她在肚子里压制自己。“我爱他，我爱他。的确的，我爱他：我一直爱他！”

“他最近有信没有？”

“有。”

“那边情形怎样？”

“嗯，那边——那边——现在想着法子，不然……”

“我听马先生说……”六姐站了起来，瞧着桑华的脚。“要是不能够限制橡皮的生产……”

要是限制不了，橡皮价钱再往下跌，李思义的买卖就得完了蛋。桑华不愿意想到这上面去。

“别说了罢，别说了罢，”她勉强笑了一下。

两个都不言语，这沉默有点叫人难受。桑华咬着舌尖，眼睛不安地瞧瞧这样，又瞧瞧那样：避着六姐的视线。

这么着过了七八分钟，桑华忽然给谁推醒了似的：她把脖子一扯，偷偷地嘘一口气，就用瓦尔兹的步子旋到了六姐跟前。她两手搭在六姐肩上，腰板轻轻弯着：眼睛往下面扫一眼自己身上那优美姿势和那滑溜溜的曲线，就像小孩子那么爱娇着，带着九成鼻音说：

“六姐，我们弄个小划子去划划好不好？还带两瓶酒去，嗯，两瓶酒。……就去就去：不去可不行！……”

欢迎会

为通告事兹定于本日下午二时在大礼堂排演还我河山第二幕凡我演员务希准时出席为荷特此通告

编剧兼导演兼后台主任赵国光印

注意　奉

校长李面谕缺席者以旷课论

全校都起劲地忙着。那位编剧兼导演兼后台主任赵国光先生更比别人紧张：他相信这回出演包得定是成功的。

“我这剧本是理想派的，也就是未来派，”他指着这油印的册子给李校长看。“情节完全是理想的。唵，唔，当然是理想，不必说。而且——而且，李先生你看看，这也是写未来的事实的：因此——唵，未来派的戏在外国非常之的通行，像英国，像美国，还有——还有……不错，还有意大利……”

可是李校长忙着叫校役请庶务主任来，眼睛一直没钉到那油印册子上去。

那个擎着油印册子的手有点发酸。

“我这剧本……唵，唔，不晓得李先生对于……对于……不晓得我这剧本有要改的地方没有。……”

等了那么一分钟才落下了那双校长的眼睛：

“那个……那个……那个还可以，不要改。很好。对的，很好。……不过赵先生你要叫他们快点练习：万巡视员说不定会提早来。对的，那个应当要快一点……”

赵国光先生把那双红眼睛尽量地张大起来，凑过脑袋去，压紧着嗓子问：

“提早来？……不是先到汶县巡视了再来么，不是么？先到汶县巡视，是不是，是不是？”

“昨晚游县长对我说：说不定会提早，那个……那个……至于……总之我们什么都已经预备好了，提早来也不怕。对的，不要紧。不过你的戏……那个那个……对的，最好不要临时抱佛脚，万一万巡视员提早来的话……知道吧。”

拿着那油印册子的手挂了下去：

“是的。”

校长眼睛也没瞧着他，只点一点脑袋，擦擦下巴，摇头幌脑地走了开去。

剩下的那个楞了会儿，就把油印册子在肋窝里一挟，摇着胸脯回到了自己房里，嘴角上挂着微笑。他料定自己这回准有个新出路：万巡视员准会赏识上他的艺术天才。这么着他就得跟那位大人物回省里去发迹，再也不在这师范学校当什么体操教员了。

“唵，唔，一定的，不必说。”

可是这么想着的不只是他一个：全县的一二等人物都在打这个主意，譬如像游县长，李校长，女师梁校长，王举人，吴局长，诸如此类。

他们筹备个欢迎会，打算把会址放在师范学校——这是全县顶漂亮的地方：校舍新的，校园又宽敞又好看。

“诸位，本县长听大帅身边一位秘书告诉我，说是……这位秘书是本县长的至友，他特地关照的：他说万巡视员是新派人，叫我们最好是……所以欢迎会的节目最好是从新派。欢迎会最好是设在……”

就这么议决。欢迎会的节目都是从新派：不放爆竹，叫保卫团临时组织个军乐队。游艺是跳舞，演新戏。晚上摆酒席。

于是体操教员赵国光先生就有了发展他那艺术天才的机会。

他兴奋得全身都痒起来。

“唵，万巡视员是新派人，不必说。”

那位大人物总得过了六七天才能来。赵国光先生已经跟第一舞台打过交道：到那时候问他们租布景。在这五六天里——《还我河山》顶少还能排三次。

可惜有些事是会叫人料不到的。

县长忽然来告诉李校长：刚接到电报，万巡视员改了主意——不先巡视汶县就马上到本县来，不是今天就是明天上午。

“糟糕！”

六七天的事得挤在一个下午完工。

李校长和教员们赶着全校学生和校役动手：大扫除，写欢迎的布旗子，挂灯笼结彩。庶务主任督促工匠在校园搭舞台。赵国光先生还得教学生们那些欢迎的礼节。

“立正！行礼！……”

《还我河山》的第二幕没排演成。

万巡视员是第二天上午十一点钟来的。

欢迎会的筹备人临时邀来了各团体代表，还有那位驻在本县的丰营长。一面女师校长就派全校的童子军去放步哨：打小火轮码头起，一直到男子师范校门口。此外的女生就排着队在码头上唱欢迎歌。

保卫团的临时军乐队——一共六位乐手，就把仅有的四把号吹起来，没命地打着小鼓大鼓。谁也不知道他们吹的是什么调子。于是跟在欢迎的队伍后面走着。他们前面是女师学生。再呢——许多代表。再前面是二三十辆轿子——万巡视员的打头。开路的是保卫团和兵。

这么着就到了师范学校的欢迎会。

天气一点不热，也没风。你只要抬起脑袋一瞧：那片没底的蓝色空气里干干净净的，没留半点渣子。

可是赵国光先生怎么也安静不下来。他满脸的汗。他不能专心顾着演戏的事，别的许多方面他也得管。

“真糟糕，当体操教员真麻烦，真太……”

“赵先生，表演的时候要到了：快准备！”

赵国光先生用手绢揩揩额头：

“《还我河山》要放在顶后面演。唔，自然是先表演跳舞那些，不必说。”

“为什么？”

“为什么：我们这出戏是压台戏！”他胸脯挺了一下，可是马上又缩了进去。“真糟糕，没有来得及排演，不必说。哼，演员连情节都不知道哩：总得讲一下这个……”

女师里几个表演跳舞的可还没到。

校长又派校役来催了一次。

“他妈妈的！”赵国光先生咬紧着牙。“好，上演就上演。……上装，你们！快！……梁先生呢？”

那些要上演的学生们就往梁先生跟前挤：抢着叫梁先生把些橘红色的油涂到脸上去。

赵国光先生冲到化装室外面，马上就又回了进来。他手揩着汗，嘴里骂着。他有点事要回到化装室里，一冲进人堆里可又忘了。于是顿一顿脚又往外面跑——自己也不知道要往哪儿去。

“我在这里做什么?”他停了步。

有才干的人总得镇静自己的，不管事情怎么忙。着，一桩一桩的来。别慌。譬如说，第一就要关照提示人，叫他快点……

“严俊，严俊!”

他交代着严俊几句话，一面可又想起借不到布景——第一舞台自己要用的。一会儿他又打定主意找历史教员老陈做他的帮手。

“韩福，快去找陈师爷来，说赵师爷请他帮忙。快去!……他妈妈的这死东西，听见没有!快去……快!……”

屋子里乱七八糟的：演员们嚷着跑来跑去，一会儿在找木炭，一会儿叫着不见了胶水，还有一个在嘴上沾着黑胡子，下巴上可胶着白毛：大家都哄出了笑声。

赵国光先生觉得脑袋都得爆破，他就又走了出去。

那位历史教员像一位历史上的人物似的——用着八字步子疲倦地走来。

还没走过那个亭子，赵国光先生就冲过去一把抓住他。

“老陈，帮帮忙帮帮忙!”他喘得上气不接下气。“你在北京当过票友的，你是……真糟糕，我一个人太……不必说，总而言之请你帮帮忙：在后台照拂照拂……”

“我不懂你的戏呀，可是。我连情节都不知道。”

“告诉你就是，告诉你就是。来来来！”

使劲把老阵一拖，两个人在亭子里坐着。老陈闭上眼睛，赵国光先生掏出手绢来揩着汗，舐舐嘴唇。他拼命镇定着自己。他打算用顶简单的几句话把这情节说出来。

“这是理想派的……唵，唔，我说情节罢。大概是有一个大国——很弱，常常受强国的欺侮。有一个小国很强，抢了这大国许多地方，于是这大国里……”

于是这大国里出了个大英雄，叫醒了全国的人民。这是第一幕。

“唵，唔，当然的，不必说。第二幕是那很强的小国打来了，这位大英雄就抵抗，唵，抵抗。自然是胜了。敌人就躲在桌子底下讨饶，这是……这是……”

说故事的人在这里就大笑起来。

“唵，还有一点是非常之的要紧的，就是强小国——唵，唔，这国的名字就叫做强小国。那个呢——弱大国，不必说。强小国就买通了弱大国的一个卖国贼：这是第三幕的伏线，不必说。……呃老陈，你听呀。”

“说罢，”那个还是那么闭着眼像在打磕睡。

“你听着：第三幕非常之的紧张的。强小国大举来攻，叫那个卖国贼来杀弱大国的百姓。唵，那位大英雄就领着男男女女的老百姓去打——跟强小国打，之后就……”

之后就——当然打胜仗，于是

“弱大国万岁！弱大国从此就强起来了。……”

赵国光先生接着就嘱咐陈先生，叫他指示一下演员们的动作。嘴里说着，手就把陈先生往化装室那儿拖。

校长又派校役来催，叫马上就表演。

“你们快点名，”这位后台主任拍拍桌子。“让我先到台上去讲一下大意。快！点名：快！谁也不许走开！”

“我要去大便，”一个扮白胡子老头的叫起来。

“不许！为什么不早点去……”

“我突然肚子疼，怕要泻哩，”白胡子老头哭丧着脸。“让我去出个恭罢，现在我真……”

“不许！”——第二个字还没叫人听明白，赵国光先生已经走上了台。

拍手。观众的眼睛都钉着那站在幕布前面的大导演：他穿着藏青色的西装，腿上一条麻黄的猎裤。黑袜子。淡蓝色的篮球鞋。

台上的人也瞧着观众。顶前面横放一张大菜桌，整整齐齐摆着鸡蛋糕之类，还有茶。一圈的藤椅上坐着本县的大人物。万巡视员和丰营长面前的东西真多：一大堆瓜子花生米，十来块牛乳糖，七八块鸡蛋糕。

后面就是一排排椅子，像普通的戏院：坐着些团体代表，各学校的教员，然后是男女学生。这些人可吃不到鸡蛋糕。顶后面就站着保卫团和兵。右边角落里呆着那队六个乐手的军乐队。

赵国光先生一点不着慌，挺着胸脯，用教操的嗓子说着。

他先告诉别人他是编剧兼导演兼后台主任。然后他说到这《还我河山》是未来派兼理想派的剧本，同时也就是爱国派的。于是又叙述这剧本的情节：强小国压迫弱大国，弱大国出了个英雄。

“这位大英雄的名字叫做艾国魂。这位大英雄就是代表我们的……”他认为现在的姿势得庄严点儿，他就举起了一只右手，“这是代表我们的……”

突然——那六个乐手的军乐队吹打起来：这回大家都听得出他们奏的是《孟姜女》。

赵国光先生可楞住了。他闭了好一会儿嘴，揩了好一会儿汗。他摆摆手叫军乐队停止吹打，别人可没在意。他只好嘟哝一句“报告完结”，鞠了个躬，钻进幕布里去。

军乐把《孟姜女》奏完了十二个月才打住。接着舞台一声吹哨，给拉开了幕布。

静默。只有游县长磕瓜子响。

万巡视员拿起一支烟卷，李校长就赶着擦一根火柴给他点着。于是他们隔着一层烟雾瞧着台上。

台上空的，布景是淡绿色的布。

听着后台低声吵了会儿，就有二十多个人上了台：穿着不同的衣裳，排队似地走着。那哭丧着脸的白胡子老头排在第十四。

他们站在台上，摇着脑袋，叹着气谈着。

“唉，我们弱大国的老百姓：好苦呀。”

“唉，我们弱大国被外国人欺侮得好苦呀。”

“唉，我们被强小国……被强小国……被强小国……”

旁边的一个对淡绿色布低声叫：

“严俊，严俊！——快提一提呀，你妈的！”

严俊呆在光线不大好的后台里，使劲地翻着那册油印的剧本。这册子用两个铜钉钉着的，可是只剩了一个。字印得见鬼地模糊，还沾上许多脏手印。

台上那个说着话的演员像石头似地楞了一两分钟，到底严俊提上了，他就绷着脸叫着：

“被强小国占去山河，并且时加屠杀。想我弱大国只有五分钟热度……五分钟热度……热度……热……想起来真是悲哀，那是令人如的痛心哦……心哦！”

台下的人拍手。可是台上的人轮流着在叹气：

“唉！”

“啊！”

“嗳！”

“唉唉！”

“唵！”

那白胡子老头还是苦着脸：

“亲爱的同胞呀，莫哭莫哭。哭有什么用呢？唉，我们还是爱国罢。不知各位的高见以为如何。”

“好，那就决计爱国罢。”

有个高个子弛缓地往前面跨了一步，对白胡子老头鞠个躬：

“老翁之言极是。但我有一言不得不为诸位告者，即我们弱大国需要一个英雄是也。唉，斯人不出，奈……奈……奈唱圣河。因此……因此……有一个爱国之英雄，我们便可以跟他去打强小国矣。不知各位爱国同胞高见以为如何。”

“极是，极是，”二十来个同胞同声说。

于是大家——嘴也不动，身子也不动。台下的观众都伸着脖子等台上起点儿变化。

变化起在后台——有个粗嗓子大叫着：

“大英雄艾国魂来了！大英雄艾国魂来了！大英雄艾国魂来了！”

接着打后台走出八个人：手里拿着手枪，马刀。他们站定了好一会，就让一条路给大英雄艾国魂走出来。

英雄上了场。台上弱大国的百姓都喝采，台下的观众也打雷似的拍着手。

扮这位英雄的是全校的足球队长，身子又高又大，膀子有别人腿子那么粗。赵国光觉得选上这个学生当他的主角是再合式没有。

所有的眼睛都钉在那大个子身上。

导演在后台轻轻地叫着：

“快站到桌子上，快站到桌子上。”

“哪里有什么桌子？”那位大英雄小声儿说。

“真糟糕！”

两个校役把一张方桌子抬上台的时候，台上的人已经静默过七分钟。观众的脑袋正要不舒服地动起来，台上那位大英雄艾国魂可跳上了桌子伸出个食指在演说了。

“亲爱的同胞呀，此何时乎，”他的食指指着台下。“我们弱大国被外国如此之欺侮，被强小国如此之宰割，亲爱的同胞呀，好苦呀好苦！因此我们主张大家同胞一齐赶快爱起国来，不爱国的人就是亡国奴，五分钟热度的也是亡国奴！我艾——艾——艾国魂！我发起了一个自卫会，大家要打强小国！大家速速跟我来，你们速速跟我来！不爱国的人就枪毙他！不打强小国的就枪毙他！我是华盛顿的后身，我是俾斯麦的后身，我是拿破仑的后身，我是……但不知各位同胞的高见以为如何。”

“赞成，赞成！”二十来个群众叫了起来。

“好，通过。”

这位艾国魂食指临空着沉默了好一会儿。

群众里面那个白胡子老头忽然往后台走去。

赵国光先生在后台里个着了急：

“不许走开，不许走开！”

“我要大便，实在涨得太急，”老头儿停了步，皱起脸来低声说。

“不许！你一走开——我就叫训育处扣你品行分数……不准走！”

台上那位扮大英雄的忽然就给惊醒了似地，猛可里叫道：

“不许走！”

白胡子老头急了，大声嚷着：

“我要拉屎。我肚子疼。我要泻了。涨得什么似的，你不能叫我拉在裤子里。……”

后面的提示人把嘴呀眼睛的都张得大大的。赵国光先生的脸成了灰色。前台的艾国魂咬一下牙，就临时杜撰出一句台词来：

“你走老子就揍死你！”

赵国光先生用拳头在捶自己的腿：“这个戏演糟了，这个戏演糟了！”

他头发上冒着热气，他拿自己的帽子扇着。嘴唇一动一动地在嘟哝些什么，连堆着汗颗的鼻尖子都牵动起来。他觉得……

“赵师爷，校长请你去，”一个校役走来恭恭敬敬地。

“我怎么走得开！”

“校长说是万巡视员吩咐的……”

“什么！”赵国光先生跳了起来。马上理一理领结。

怎么岔：戏演糟了要听教训么？再不然就是——那位大人物赏识上他的艺术。

他心脏差点没绷出嘴里来。可是他得镇静：他四面瞧了会儿，没瞧见老陈。到了化装室才知道老陈仆在桌子上打盹。

“老陈老陈！……唉，要命！……老陈，后台的事拜托你了，不必说。唵，我有点事去。……老陈你醒了没有，听见没有？”

“啊啊啊——伊哦……唔，你放心去好了。”

赵国光先生一掉脸就走，他一面在考虑一个问题：见了万巡视员的时候——到底应该三鞠躬还是一鞠躬？

可是白操心：还没见着万巡视员就被校长在半路里截着。校长很快地告诉他：万巡视员谈起很爱看国技，因此演完新戏之后顶好叫学生表演点拳术给看看。

“那个……那个那个……这是我的意思。……你顶好马上就预备起来。……”

“国技？”赵国光先生咬咬嘴唇——给汗腌得有股咸味儿。“平常只教过十二路潭腿，一套青龙拳。”

“这就行：很好，唔。”

“不过不过——他们早就忘记了。”

“赶快练习练习。马上去。那个……对，来得及的。”

两个匆匆忙忙地分了手。赵国光先生就只好撇下了后台的事。

这时候后台正热闹着：女师那些表演跳舞的全到了。她们的跳舞教员跟这里的庶务主任交涉着：请他拨一间屋子给她们上装，她们不能跟男学生共一个化装室。可是化装室只有一间，于是有几个女生就堵着嘴扭着身子：

“唷，唷！哼！我们不表演了，看他们怎么办！”

“不要生气不要生气，”庶务主任笑嘻嘻地说。接着又挺温和地请《还我河山》的演员让出那间化装室：因为演员们反正已经全装好了，这是一；二呢——女师的几个人总是客人，得待她们客气点儿。庶务主任说话向来是这么有条有理的。

那位仆在桌上打盹的陈先生也给请了出去，他就又用八字步子疲倦地拖回自己卧室里去，还不断地打呵欠。他昨晚在他妹丈家里打了一晚牌，觉老是睡不够。

这么一乱，严俊可忘了他那油印剧本丢在什么地方。等着第二幕要开幕，可老找不着。

“怎么办怎么办，找不着：连谁先上场都不知道了！……”

“你妈的！怎么一回事呀，你！”

“你骂人！”严俊早已经烦躁得要跳起来，就更容易动火。

“骂你！……连自己手里的书都管不住——不该骂！”

“你配骂我！你你！……”

“呃呃呃，别耽误了演戏，”别人劝着。“谁也不能怪。……呃，赶快想法子罢：再找一本来……”

“再找一本？往哪找？我们那三册剧本都在宿舍里。”

外面保卫团的军队在奏乐：《无锡景》。吹打了十五遍，台上还没拉幕。

可是严俊到底找着了他那本油印的书。他在化装室门外挺有礼貌地请她们看看屋子里有没有，她们跳舞教员才打地下捡着，开开两寸半宽的门缝塞给严俊。

“唵呀，有了。谢天谢地！”

不过那本子一个铜钉子也没有了，一页一页的纸散乱着，有几页给踹得成了黑色。严俊就捧着这卷纸往布景后面直奔。

喏！——拉开了幕。还是淡绿的布。还是一张桌子。

英雄艾国魂和那八个拿手枪马刀的上了场。他们静静地听着严俊在后面提，他们就把提的台词在台上放大。咬字的轻重和腔调也全是跟着严俊的。要是严俊偶然咳嗽一声，演员也就大声咳一下。

顶先开口的是那位英雄。

“现在大家都信仰我艾国魂了。那是如何的高兴哦，高——高——高兴哦。你们八位……八位……意以为如何。”

“会长呀，”那八个人一齐叫。“天下事大定矣。爱国同胞都加入——加入——咳哼！加入自卫会了。”

“会了，”——有一个说得慢了点儿。

那位英雄把胸脯挺出来，庄严着脸子：

“唉，想当初我们弱大国之同胞——自己打自己，自己破坏自己，如此之事，不胜枚举，不——不——不胜备载。那是何如的糊涂哦。……今我振臂一呼，同胞都信仰艾国魂，便可以打强小国矣。这乃是——千载一时，千载一时，千载一——时——他妈的下面看不清楚！”

台下那位万巡视员轻轻皱一下眉毛，拿起一支烟来。

舞台上的九个人不言语，也不动。

忽然后台大声响了起来——訇咚訇咚，訇咚！

舞台上的九个人还是不言语，也不动。

又是訇咚訇咚訇咚，艾国魂到底开了口。

“啊呀。炮声隆隆。强小国进攻矣。我艾国魂誓死与你拼个你死我活。岂非——岂非——岂非炮声……炮声……你们八位意下如何？”

“极是极是。极为赞成。”

沉默。

严俊在布景后面急得想上吊。他这提示人简直兼了导演，可是剧本上的字瞧不明白。要是让演员们出了丑——他严俊可挨不起这顿揍，足球队长那对拳头不是玩意账。

他不能老叫那九个人钉了桩子似地楞着呀。他把那卷纸乱翻着，汗滴到那些模糊的字上：一个不留神，湿着的那块给掏了个窟窿。

又过六分多钟，他找着了办法：强小国的军队上场。

“严俊，我什么时候上场呢，我？”

“你演什么的？”

“卖国贼。”

在这卷纸里翻着，怎么也找不到卖国贼什么时候上场。页数全给弄乱了，第二幕的末了几页插在前面了，还有几页不知道丢到了哪里。

可是台面上那位英雄跟强小国的军队面对面楞着已经持久到了十来分钟。两方面用枪对着：不说话，也不打仗。

“喂，快提呀，”强小国的军官不耐烦地动着嘴唇。

“我要踏平你们……”

“我要踏平你们……你们……我要灭亡你们……”

还是不动。

演大英雄的发了毛：

“严俊，我该怎么说呀？”

那剧本第二幕末了几页是强小国吃了败仗，躲在桌下求饶。那几页正插在中间，给翻着了。那些鬼字怎么也瞧不明白。严俊就只念着清楚点的字：

“躲在桌下，作求饶状。”

台上的大英雄吃了一惊，可是没办法：他就往桌下一钻，照严俊念着的说着：

“好汉饶了我也，饶了我也。我磕一个头，大英雄饶了我也。好——好——咳哼！好——苦呀。想当初我们轻视你们，期在必胜，却不道你们有如此之英雄……之英雄……之英……”

观众们的脸动了起来。这儿那儿都在小声嘟哝着。

不知怎么一来那强小国的军官在骂人似地吵着。吵呀吵的忽然又对桌子下的艾国魂笑嘻嘻的——

“依我的办法最好，我给你二十五万。若不——若不——若——不——不依我，必致汝死地，必……必必……咳哼！”

“惟命是听。那是如何的快乐哦。”

“你务必听令，听令……咳哼！你必须杀你们弱大国之人民，杀你们之……之……”

那位艾国魂还蹲在桌子下面，点着脑袋答：

“极是极是。从今而后，我遂为卖国贼矣。想我为卖国贼，当——当当——咳哼！当……”

忽然提示人住了嘴没往下提。

“糟透！”严俊肚子里叫。

他不管页数，只管往下念。这是强小国军官和卖国贼的对话，可是演卖国贼的没上场，他的台词让艾国魂说去了。他求救似地四面瞧瞧，劲抓住自己的衣襟。他那张皱着的脸发了青。

“怎么办怎么办：错了！糟透！”

戏总得往下演。台词总得往下提。

这么着演卖国贼的就一直呆在后台没上场，那脚色让艾国魂演了下去。

台下的观众没先那么静。这儿那儿的常有两个三个脑袋挤在一块谈着什么。

游县长没磕瓜子，只把围着大菜桌子的几张脸瞧一转。各人的脸有各人不同的颜色：李校长的顶红，直红到脖子上，眼角在一动一动的。

放在万巡视员面前的蛋糕什么的还是没动。这位大人物的腮巴上隆起一条筋，像在紧咬着一件什么。有时候脸发白，有时候脸发灰。时不时跟旁边的丰营长面对面瞧一眼。于是丰营长就咬咬嘴唇，把手插到袋子里去。

一个孤零零的苍蝇在鸡蛋糕上玩了一会，又飞到李校长鼻子上停着。李校长把它扇开，就怕失了礼似地偷偷把眼睛瞟那位大人物一下，一面在懊悔着——没有把那剧本仔仔细细看一遍。他怕看台上，可是又不知道看着什么好：他视线没有地方可以给他搁。

舞台上放下了幕，军乐队又吹起小调子来。

后台里可吵得厉害。演员们都围住了严俊。

“怎么回事呀？”

“我怎么知道呢，”严俊苦着脸说。“我只是照着这上面念的。”

那位大英雄把别人推开，挤到了严俊跟前：

“剧本上是这样的么：那个英雄做了卖国贼么，嗳?”

严俊用袖子揩揩额头，脸红得像生牛肉：

“这上面的字看不明白，看不明白……”

“我就一直没上场，”演卖国贼的叫。“装得好好的呆在后台里，这算什么!”

外面的六个乐手在使劲地吹打着，似乎催这第三幕快点儿动手。

观众也等得有点撑不住劲。要照往日的习惯——他们就得拍手顿脚。可是今天有大人物在这儿，来这么一手似乎不大那个，就只撮着嘴轻轻嘘着。

谁也想看看末了这幕是怎么回事。刚才是那位大英雄艾国魂做了卖国贼，话还没说完就闭了幕。这下面怎么交代呀?

“你猜下面怎样?”

“谁知道!”

“我们先不该拍手的。”

“嘘，嘘嘘!”

“嘘，开幕了!”

开了幕：台上的布景和陈设还是老样子。

没人上场。后台在吵着。

“人齐了没有?——快上台呀!”

这回是弱大国那二十来个老百姓先上场，可是不见了那白胡子老头。

“他呢?”

“拉屎去了，一直没回来。”

“少他一个不要紧。……快上台，你们!”

于是这些老百姓出了场。严俊又坐在淡绿色的布后面提着他们。

“哈哈，快乐呀，快乐呀。我们弱大国之英雄出世矣。那是如何的快乐哦。”

“哈哈快乐呀，快乐呀。我们弱大国皆爱国，跟艾国魂英雄去打强小国……打强小国……咳哼!”

“哈哈，快乐呀，快乐呀。但愿——但愿——但——但但但愿……”

说话的人楞着没往下说。观众看着他，他也看着观众。

豁然他又大叫起来:

“但愿大家加入自卫会，以……以……不是! 咳哼! 哦，群策群力群——群群!”

“同胞呀，这乃是众志成城快乐呀哈哈。”

“哈哈快乐呀。”

“哈哈，大家皆快乐呀。但不知各位高见以为如何。”

“极为赞成，极为赞成。”

又是第二幕那一手：后台里——訇咚，訇咚訇咚，訇咚訇咚！

没挨上三分钟，就有二三十个强小国军队上场：手里都拿着木头做的枪。

强小国的军官往弱大国的老百姓那边跨进一步：

“现在本大将率领三军，大举来攻，必必——必——必踏平你这弱大国而后快，而后快……本大将咳哼！本大将咳哼！本大将咳咳咳咳咳——哈——吐——！……嗯哼！那是如何的威风哦。想尔弱国……弱国……灭此……哈哈哈，如探囊中物耳：那是如何的容易哦。”

这位军官闭住嘴，四面瞧了会儿。

看戏的人都把脑袋仰着。只有万巡视员把铁青的脸凑到丰营长耳朵边轻轻说着什么。

台上那强小国的军官红着脸，忽然给吓了一跳似地身子震一震，就对他们的兵士叫起来：

“儿郎们！”

“有！”

“拿枪对着他们！”

二三十支枪就对着弱大国的老百姓。

全场静悄悄的：显然是观众都给那紧张的场面吸去了注意力。只有后面化装室里隐隐约约漏出了尖锐的笑声吵声。

“阿呀不好了！”台上那些弱大国老百姓叫。

“阿呀如何是好!”

“阿呀，想我辈手无寸铁，如何是好。唉，那是如何的着急哦。”

“阿呀事急矣。看他们——看他们——咳哼！看他们支支枪对着我们，就要开枪矣。那是……那是……咳哼！不知各位同胞高见以为如何。”

“极是极是。”

“有理有理。”

对面强小国的军队还拿着枪——紧张地对着他们。

观众看看这群老百姓，又看看敌国那队军队：只要那些枪动一动可就……

弱大国那群人里有个带瓜皮帽的往前面踏出两步，然后掉转身子来对他同胞们鞠一个躬：

“亲爱的同胞呀，彼横蛮之强小国军队若开了枪——开了枪——我命休矣。事已万急……万急……万万急……十万火急……请各位少安毋躁，要从容以……以……以以……咳哼！据兄弟的意思，以为我们可慢慢商量，再作道理。但不知各位高明以为如何。”

“赞成，赞成!”

“通过。”

那队擎着枪的军队一动不动，等着对方慢慢商量。

“亲爱的同胞呀，”带瓜皮帽子的说。“现在兄弟有一妙策，不得不为诸位告者：即马上去请我自卫会会长艾国魂先生亲自出马，率领我们，杀得强小国小鬼片甲不留是也。”

“极为赞成，极为赞成!”

“哈哈，想你强小国之小鬼末日到矣。”

“哈哈，我弱大国要灭你强小国……强小国……咳哼!”

“哈哈，那是如何的痛快哦。”

那强小国的军官大叫起来：

“呔，不得妄自夸大……夸大……本大将独不屑亲自杀你们，你们……你们……咳哼！我命你贵国之卖国贼杀你们也可。……卖国贼，速速出来!”

台上台下的人都瞧着后台。

“卖国贼速速出来!”——又喊一遍。

没答。三分钟之后：

“卖国贼速速出来!”

第四遍。第五遍。第六遍。

十分钟过去了。于是十一分钟，十二分钟。

怎么回事呀?

唔，这一场可有点问题。

“谁上场呢，这回?”演大英雄的那位足球队长问。

严俊抓着脑顶——头发里湿渌的全是汗。

“先是弄错了的，”他皱着脸说。“这回再错下去就太笑话，还是叫……叫……”

他四面瞧着找那原来是演卖国贼的那位同学。

那位卖国贼坐在一张三脚凳上，拿一张皮纸在擦脸上的彩油。

“怎么，你?”严俊没命地揩着汗，压着嗓子直嚷。“怎么就下装：这一场是……是是……”

那个瞅他一眼，满不在乎似的：

“用不着我上场末。”

“糟透!”严俊顿顿脚，就往大英雄跟前直奔。楞了会儿又跑过去，可是站也没站定就又冲过来。“怎么办怎么办，糟透！呃，糟透!”

后台里的人都楞着。前台上一个劲儿在催“卖国贼速速出来”。

“谁出场呢?”

“谁出场呢?”大英雄像应声虫似的。

演卖国贼的往这边瞧了会儿，就走了过来，手里拿那团皮纸打着手势：

“我第二幕没出场，这一幕当然不能出场。第二幕里卖国贼是谁演的当然还是谁演。”

“那……那……咳哼！那……”

“你想想：上一幕是他，这一幕忽然换了个我，那才是个大笑话哩。”

“可是——可是——上一幕是弄错的呀。”

“那有什么办法呢!”手一扬走了开去。

又楞了好会儿。

“还是我去!”那位足球队长毅然决然地。“他的话对，这幕换了人那真是笑话。……这没办法。我去!”

“你去么?”

可是严俊还没答允，那个就去上了台。

可是严俊却放了心:

“是他自己要去的:出了笑话可不能怪我。”

于是他揩揩汗，又坐到淡绿色的布后面去提台词。

那个强小国的军官挺着肚子:

“卖国贼听令!你去杀你们贵国之人民，不得有误!”

“喳!”

台上动起枪刀来。后台的人拿棍子敲着板子，当做枪声。

“好苦呀，好苦呀!”

“强小国之小鬼真可恼呀!”

“卖国贼真乃丧尽天良呀!”

这紧张的场面可还压不住观众:有人走了开去。那位丰营长离开那张大菜桌，跟万巡视员互相瞧了一眼，就到最后排对一位军官说了几句什么，走出了这里。

许多脑袋动着，低声谈着话。万巡视员和游县长就靠得紧紧的在说着什么事。

舞台上还在继续那个场面。大英雄艾国魂和那军队站在一边，对那边的二十来个人挥动着刀呀枪。后台里使劲在敲板子。

这要打到什么时候为止？严俊可没了主意。

这下面本来是赵国光先生自己认为顶精彩的地方。整出戏的顶点也就在这里。这位天才艺术家把这弄成个非常紧张的场面：先是强小国跟那卖国贼打弱大国的老百姓——许多伤的死的。于是在那十二万分危急的时候，观众都给弄得挺愤怒的时候，吓，大英雄艾国魂领兵来了。当然是打了胜仗。当然是——强小国求和，把抢去的地方还给了弱大国还不算，另打外还割了点地给它。然后叫三声万岁——幕。

可是现在——

“糟透，演不下去了！”

演大英雄的错成了卖国贼：叫谁去救呀？

台上已经打了二十多分钟。

弱大国那群人给打得一个个倒下去。在地下躺了好一会，瞧瞧没别的下文，只好又爬起来，对方可还一个劲儿在开枪，就又装着死。可是全躺下之后，别人还是不住手：没一个活人还打谁？——就又爬起来。

这么倒下又爬起——每个人总轮到了不止二十次。

看戏的人可不把这顶点当作回事。他们想瞧瞧这下面怎么发展，可是没等着。

“怎么回事呀，死了又活！”

"为什么打不累的?"

有几个人嘴里嘘着，轻轻顿着脚。

"走罢。"

"看看下面罢。"

"要是一直打下去呢?……走罢：明天再来看也不迟。"

走了不少的人。

大菜桌子边也少了两个人：万巡视员和游县长。下面还有国技也不看，甚至于——连女学生的跳舞都不看!

台上还在开枪，死过二十几次人们又活了过来——爬起身来让别人打。

观众发见那位大人物不在这儿，他们就放心地拍手顿脚，嘴里也大声嘘着叫着。

李校长那双腿仿佛是跟一个冒失鬼在换了一付：一会儿闯到这里，一会儿闯到那里，整个身子都发红，连眼球也涂上了血丝。他一想到万巡视员，五脏六腑就那么一荡。

"那个……那个那个……他不高兴了么，他……他他……那个那个……"

说是跟县长去有点儿事：当然是托词。

拍拍胸脯叹口长气，伤心地瞧瞧那张大菜桌：点心和花生瓜子什么的还寂寞地堆在那里。两个苍蝇在牛乳糖的包纸外面站了会儿，就又飞起来钉到淡黄的鸡蛋糕上：瞧来像嵌着两颗葡萄干。

着急的不只是李校长一个。还有赵国光先生也挺那个。

这位戏剧家满衬衫的汗。袜带掉了，黑袜子翻落在篮球鞋帮儿上，露出一截毛茸茸的腿：他就用这双腿跳着，把麻黄色的猎裤震得直哆索。

“真糟糕，真是……我把……我把……唵，我舞台上的事丢下了去教他们练拳，好容易那十二路潭腿一套青龙拳温熟了——他倒走了，不看了！……我真是……我真是……”

于是他赶紧去看看戏演得怎样。

他的代理人在后台里正咬着牙。听说万巡视员一走，他马上叫人吹哨闭幕。

那位扮强小国军官的一到后台就问：

“完了么?”

“有什么办法呢，”严俊还咬着牙，喘着气说。“下面不好怎么演。……而且——而且——万巡视员也走了，没有再演的必要了，而且……咳哼！下面是……”

演强小国士兵的——擎枪擎得老实有点酸疼，大家都伸伸膀子，在空中豁几下。

赵国光先生赶来的时候已经迟了点儿：演员们都拿着几张皮纸静静地在擦着脸。

“陈先生呢？走了么？……这位仁兄！……戏演得

怎样？严俊你是不是在……”

“赵先生这不能怪我，这个……这个这个……咳哼！这个……”

那位大导演等着严俊的下文，可是这小伙子只拿袖子没命地揩着脸上的汗。

“严俊，到底怎样：出色不出色？”

严俊没开口，那边化装室里可开了口：那些女学生在吵着叫着，声音里带着哭腔——一听就知道是出了一个了不起的大悲剧。

这边的人就紧张地沉默着听着。

“简直是看我们不起！看我们不起！”

“唉，这真是一桩极其不幸的事！”——跳舞教员的声音。“我们一片热诚，赶到这里来预备表演，万巡视员说也不说一声就走了。这不但是你们的不幸，也是我的不幸，也就是——也就是本校的不幸。现在我们当然不用表演了，你们也……你们也……”

“我受不了他那种……那种……”

有几个似乎在打算要哭一场。

赵国光先生听了会儿，又想到了自己的戏剧。他把那翻落的黑袜子拉上来，把脸对着严俊。

“我这剧本是理想派兼未来派，也就是爱国派的，不必说。唵，唔，那个——那个——那个到底好不好，那个……”他这里拼命在记一个术语，结里结巴说了老半天才想了起来："唵，唔，那个——那个——效果有没有，效果?"

那个一下子摸不着头脑，就随嘴说：

"效果……效果……咳哼，效果当然总有点儿的。"

"唔，效果当然总有一点儿的。"

于是这师范学校忽然被军队包围了起来，抓走了一些人：李校长，赵国光先生，《还我河山》的演员们。

全校给搜了一遍，又第二批抓走了些教员学生——都是留长头发的人。女师也给搜了一遍，跟男师的正相反：全校只有一个教员和两个学生剪了发的：就带走了这三个。

赵国光先生眼球成了紫色，衬衫上的汗也更多，嘴唇老颤着：

"这是——这是——什么道理呢，什么……唵唵……我是……我是我是……"

万巡视员可没那回事似的，在静静地等着大帅的回电。他打过一个电报到省里给大帅，详详细细把欢迎会的情形叙述了一下。他想到大帅准得亲自回电，还得嘉奖几句——表示以后更信任他。

回电在半夜两点多钟就接到，不过是督署的军法处长拍的。关于大帅的话只有这几句：

"奉帅座密谕：着将赵国光等六十七名解省，交军法处严办。……"

图书在版编目（CIP）数据

移行 / 张天翼著. — 北京：中国国际广播出版社，2013.1

（良友文学丛书）

ISBN 978-7-5078-3559-5

Ⅰ. ①移…　Ⅱ. ①张…　Ⅲ. ①短篇小说－小说集－中国－现代　Ⅳ. ①I246.7

中国版本图书馆CIP数据核字（2012）第265693号

移　行

著　　者	张天翼
责任编辑	张娟平　张淑卫
版式设计	国广设计室
责任校对	徐秀英
出版发行	中国国际广播出版社（83139469　83139489[传真]）
社　　址	北京复兴门外大街2号（国家广电总局内） 邮编：100866
网　　址	www.chirp.com.cn
经　　销	新华书店
印　　刷	环球印刷（北京）有限公司
开　　本	620×920　1/16
字　　数	128千字
印　　张	16
版　　次	2013 年 1 月　北京第一版
印　　次	2013 年 1 月　第一次印刷
书　　号	ISBN 978-7-5078-3559-5/I · 383
定　　价	44.80元

CRI 中国国际广播出版社　欢迎关注本社新浪官方微博　官方网站 www.chirp.cn

人文阅读与收藏·良友文学丛书

(1)	鲁 迅 编译	竖 琴
(2)	何家槐 著	暧 昧
(3)	巴 金 著	雨
(4)	鲁 迅 编译	一天的工作
(5)	张天翼 著	一 年
(6)	篷 子 著	剪影集
(7)	丁 玲 著	母 亲
(8)	老 舍 著	离 婚
(9)	施蛰存 著	善女人行品
(10)	沈从文 著	记丁玲
	沈从文 著	记丁玲续集
(11)	老 舍 著	赶 集
(12)	陈 铨 著	革命的前一幕
(13)	张天翼 著	移 行
(14)	郑振铎 著	欧行日记
(15)	靳 以 著	虫 蚀
(16)	茅 盾 著	话匣子
(17)	巴 金 著	电
(18)	侍 桁 著	参差集
(19)	丰子恺 著	车箱社会
(20)	凌叔华 著	小哥儿俩
(21)	沈起予 著	残 碑
(22)	巴 金 著	雾
(23)	周作人 著	苦竹杂记 (暂缺)